Angelika
Klüssendorf

Amateure

Erzählungen

S. Fischer

© S. Fischer Verlag GmbH, Frankfurt am Main 2009
Satz: H & G Herstellung, Hamburg
Druck und Bindung: GGP Media GmbH, Pößneck
Printed in Germany
ISBN 978-3-10-038203-0

Inhalt

Edna und Moritz

1

Die Temperaturen stiegen in den frühen Morgenstunden auf siebzehn Grad, in rascher Abfolge wechselten die aufziehenden Wolkenschichten ihre Farben. Nasskalte Graupelschauer gingen in Hagelstürme über. Mittags taumelten Schneeflocken aus einem grauschwarzen Himmel, gefolgt von einem Gewitter, Windstärke sechs bis sieben wurde von einem schwachen Wind abgelöst, schließlich fielen Sonnenstrahlen durchs Fenster. Für die kommende Nacht kündigten die Meteorologen Nachtfrost an. Es war der letzte Apriltag.

Moritz verband Edna mit einem Tuch die Augen und führte sie an den Tisch, auf dem eine Weltkarte ausgebreitet lag. Er erklärte ihr, dass sie darauf den Ort ihrer Träume bestimmen solle, den sie dann gemeinsam bereisen wollten. Als er ihr das Tuch von den Augen nahm, lag ihr Finger unten links auf der Karte, und sie hatte sich bereits entschieden.

»Rühr dich nicht«, sagte Moritz, schob ihren Finger zur Seite und malte ein rotes Kreuz an die Stelle. »Du hast auf Feuerland getippt.«

Wo lag eigentlich Feuerland, dachte sie, in Südamerika?

Edna hatte Moritz am neunten November kennengelernt, sie waren sich beim Fall der Mauer entgegengeklettert, er von der einen Seite Berlins und sie von der anderen. Sie hatten einander in den Armen gelegen, zwei völlig fremde Menschen, ihr Bild wurde sogar in den Nachrichten gezeigt, sie tauschten in dieser Nacht Telefonnummern, Adressen und einen Kuss. Dann verloren sie sich wieder aus den Augen. Es dauerte ein halbes Jahr, bis sie sich bei ihm meldete; und von da an sahen sie sich täglich.

Die Vorstellung, mit ihm nach Südamerika zu fliegen, schüchterte Edna ein. Sie fand, dass Moritz mit irritierender Geschwindigkeit über sie verfügte. Er steckte voller Tatendrang und schien die Welt wie einen Reisekatalog zu betrachten. Sie beherrschte keine Fremdsprache, nicht einmal ansatzweise Englisch, außerdem war sie pleite, hatte Flugangst, wohingegen Moritz schon einmal einen Fallschirmspringerkurs besucht hatte und Englisch und Spanisch fließend sprach. Nicht gerade die beste Voraussetzung, glaubte Edna, für eine erste gemeinsame Reise. Draußen strich der Wind über das Fenster, ein Sonnenstrahl blendete sie so, dass sie meinte, das Plakat an ihrer Wand hätte sich verschoben. Überhaupt hatte sie den Eindruck, ihre Wohnung würde sich verändern, wenn Moritz sich darin aufhielt.

Moritz zog einen Atlas aus ihrem Bücherregal und begann darin zu blättern.

»Tierra del Fuego, da wollte ich schon immer mal hin«, sagte er mit einer Begeisterung, die sie niemals so schnell hätte aufbringen können, egal wofür.

»Wenn ich nun woanders hingetippt hätte?«, sagte sie.

Moritz hob seinen Blick und sah sie fragend an.

»Na woanders eben. Leipzig, Dresden, Honolulu.«

Eigentlich verspürte sie sogar Lust auf eine Reise, aber vielleicht nicht so weit weg – sie hatte sich ja noch nicht mal an den anderen Teil Deutschlands gewöhnt. Wenn sie am frühen Abend das Museum für Völkerkunde verließ, wo sie als Museologin arbeitete, erschienen ihr die sonst so vertrauten Straßen fremd, sie waren plötzlich nicht mehr begrenzt, führten immer weiter. Sie musste erst lernen, über diese neuen Straßen zu gehen, lernen, dass es weniger Vorschriften gab, und dass sie für ihre Sicherheit selbst verantwortlich war.

Sie ging in die Küche, setzte Wasser auf, und beobachtete Moritz, der auf dem Boden saß und den Atlas studierte.

»Mit Zucker?«, fragte sie, als der Kaffee fertig war, und als er nicht reagierte, reichte sie ihm die Tasse.

Er schaute auf die Karte und sagte: »Ob du es glaubst oder nicht, ich war noch nie an der Ostsee.«

Nur zwei Wochen später stand er mit zwei neuen Fahrrädern vor ihrer Tür. Es war sein Vorschlag, durch die mecklenburgische Landschaft zu radeln bis zur Küste und wieder zurück. Edna wäre inzwischen doch lieber nach Feuerland gereist, aber das sagte sie ihm nicht. Am Lenker seines Mountainbikes hing in einer Klarsichtfolie der Routenplan.

Als sie losfuhren, versuchte Edna noch, sich leicht und gleichmütig auf dem Rad zu bewegen, und immer wenn Moritz sich nach ihr umsah, lächelte sie, kurz und euphorisch. Doch schon nach wenigen Stunden verrutschte ihr Lächeln. Ihre Fahrräder surrten über den Asphalt, die Sonne stand tief am Horizont, ein leichter Wind wirbelte Staub auf, der ihre Augen tränen ließ. Sie hielt mitten auf einer Brücke an, stieg vom Rad und hatte sich plötzlich selbst vor Augen; sie war fünf Jahre alt und stand auf einer kleinen Holzbrücke, darunter ein brackiges Flüsschen, und versuchte, einen Tretroller über das Geländer zu hieven. Der Tretroller gehörte einem Freund aus dem Kindergarten, der sich geweigert hatte, sie damit fahren zu lassen, und so hatte sich Edna, während alle anderen Kinder ihren Mittagsschlaf hielten, nach draußen geschlichen und war wie ein Wirbelwind mit dem Roller durch die Straßen gefahren. Aus Angst, dass die Sache herauskommen könnte, hatte sie den Roller danach in den Fluss geworfen. Der Lenker hatte sich in einer Baumwurzel verfangen, das Hinterrad ragte neben einem

Teppich aus bunt schillernden Ölornamenten aus dem Wasser.

Sie folgte Moritz, der ihr immer eine Kurve voraus war. Am Ende einer Pappelallee erwartete er sie, und Edna fragte sich, ob sie überhaupt in ihn verliebt war.

An diesem Abend fielen sie spät in die Betten einer kleinen Pension, und während Moritz beim Einschlafen zarte Grunzer ausstieß, starrte sie auf Picassos Friedenstaube an der Wand, ein billiger, vergilbter Druck. Irgendwann in der Nacht stand sie auf, zog sich leise an und verließ das Zimmer. Der durchgetretene Linoleumboden quietschte unter ihren Füßen, im Korridor hatte sich der Geruch von Desinfektionsmitteln in den Tapeten festgesetzt. Als sie auf die Straße trat, war nur der Wind zu hören und in der Ferne das Meer. Unter den Schichten der Dunkelheit schienen die niedrigen Häuser noch mehr zusammengesunken, hinter den Fenstern vermochte sie sich kein Leben vorzustellen. Sie durchquerte ein Birkenwäldchen, ging dem Meeresrauschen entgegen und kam zu einem kleinen Hafen. Sie dachte, dass ihr die Straßen eigentlich vertraut sein müssten, schließlich war es ihre Landschaft, und sie hatte im Sommer hier oft ihre Ferien verbracht. Aber es war nur irgendein Ort, um eine nächtliche Uhrzeit angeordnet, und auch wenn ihr die breiten Bürgersteige, das Kopfsteinpflaster bekannt, ja vertraut vorkamen, blieb eine Distanz.

Der auffrischende Wind trieb eine leere Büchse

scheppernd über die Mole. Was wusste sie eigentlich von Moritz? Er war ein blondgelockter, sportlicher Mann, der vor ihr mit fremden Worten und Welten jonglierte. Sie traute ihm nicht, wenn er Rufe des Entzückens ausstieß, über eine alte Mauer oder ein verwittertes Fachwerkhaus, dann kam er ihr unecht vor, als würde er etwas vorspielen, ihr oder sich selbst. Aber sie fand ihn auch attraktiv, er konnte ernst und angespannt reden, sich ganz und gar in ein Thema hineinsteigern und sie mit seiner Leidenschaft mitreißen.

Sie vernahm das Schwappen der Wellen, und während sie die frische Nachtluft einatmete, beschloss sie, Moritz ihre Freundschaft anzubieten.

Es dämmerte schon, als sie zur Pension zurückkam. Der Wind wehte stürmischer, und als sie die letzten Meter zum Haus rannte, sah sie Moritz am Fenster stehen.

Während sie die Treppen hochstieg, kam er ihr entgegen und griff nach ihrem Arm.

»Wo warst du?«, fragte er und zog sie an sich. »Himmel, du hast mir Angst eingejagt.«

Sie spürte seinen Atem an ihrem Ohr und löste sich aus der Umarmung. Ihre Stimme klang sachlich und ruhig, als sie ihm ihren Entschluss mitteilte. Aber er schien sie nicht zu verstehen. Er sah aus wie jemand, der überhaupt nichts begriff.

Sie verließen das Küstengebiet, fuhren landeinwärts, ungepflasterte Straßen führten an endlosen Feldern vorbei, und Moritz wich nicht aus ihrem Windschatten, und in den Pausen, hatte sie das Gefühl, sah er sie anders an. Er versuchte, sie zum Lachen zu bringen und erzählte ihr verschrobene Geschichten, die sie eher unsinnig als lustig fand, aber sie lächelte trotzdem. Sie bezogen ihr Quartier am frühen Abend, in einem mecklenburgischen Herrenhaus mit Seezugang. Eine efeuberankte Steinmauer umschloss den riesigen Garten, neben der Eingangstür lag ein junger Schäferhund, die Schnauze zwischen die Pfoten gesteckt. Edna konnte keine anderen Gäste entdecken; nachdem ihnen der Hausmeister das Zimmer gezeigt hatte, verschwand er wieder. Edna öffnete das Fenster, das Thermometer zeigte immer noch vierundzwanzig Grad im Schatten, die Sonne stand niedrig, vertiefte das Blau des Sees. Moritz saß auf dem Bootssteg, sah zu ihr hinauf und machte eine Bewegung mit den Händen, die sie nicht verstand. Sie zog ihren Badeanzug an und lief die Stufen zum See hinunter. Der Wind strich durch das Schilf am Uferrand, das Wasser war dunkel, und schon nach wenigen tastenden Schritten tief. Moritz hatte ihr einmal erklärt, dass er wasserscheu sei, aber nun kraulte er ihr schaumschlagend entgegen, schüttelte sein nasses Haar und verteilte die Tropfen auf der Wasseroberfläche. Er kam mit dem Gesicht nah zu ihr, und als er sie küsste, spürte sie seine Bartstoppeln auf ihren Wangen. Die Dämmerung sank langsam herab, das Ufer erschien ihr in einem anderen Licht, und sie hörte sich schon wieder lachen über seine verunglückten Anstrengungen sie aufzuheitern.

In der Abendstille lagen sie ineinander verknäult im Sand, und es war nicht sicher, wer hier wen hielt.

In der Kochnische briet sie Spiegeleier auf einem verdreckten Gasherd, und er stand hinter ihr und kommentierte alles, was sie tat. Es war, als hätte er noch nie ein Ei in der Pfanne landen gesehen, und mit einem verzückten Gesichtsausdruck nahm er seinen Teller entgegen. Während sie aßen, stellte er ihr eine Frage nach der anderen und nahm ihre Antworten mit solcher Begeisterung auf, als sei jeder ihrer Sätze eine Bereicherung für ihn. Mit einem Mal wollte er alles über sie wissen; wie das Brot in ihrer Kindheit schmeckte, ihre Lieblingssüßigkeit, welche Festtagsriten sie mochte, ob es Gin-Tonic in der DDR gegeben hatte.

»Was wolltest du als Kind werden?«, fragte er.

»Tänzerin«, sagte sie, »eine Primaballerina.«

»Perfekt«, sagte er, »das passt zu dir. Du bist graziös, einzigartig…«, und hier stockte er, »…aber ich kann mir auch vorstellen, wie du schon mit sieben eure Revolution vorbereitet hast.«

Nach dem Essen gingen sie die Dorfstraße entlang, über ihnen kreischten Seevögel, sonst war es still. Sie kamen an schäbigen Häusern vorbei, wo sich in den Ritzen jahrzehntelang der Schmutz abgelagert hatte, Häuser, die seit dem Krieg ohne Anstrich waren. Es hatte ihr nie etwas ausgemacht, ihr waren die maroden Orte auch nicht armselig vorgekommen, eher wie eine

Entsprechung zu ihrem Leben, ein Leben, das sie durchaus gemocht hatte. Doch sie spürte die befremdeten und erstaunten Blicke von Moritz, mit seinen Augen betrachtet schien plötzlich alles ganz anders auszusehen. Für Moritz war hier die Zeit stehengeblieben. Er fand, das Land hatte Charme und eine desolate Aura wie Venedig. Er sagte wirklich: desolate Aura. Anschließend spielte er für sie durch, wie man diese Landschaft ertragreich zum Blühen bringen könnte. Er hatte keine Ahnung, dachte sie.

Sie liefen über einen sandigen Weg, links und rechts Drahtzäune, dahinter grasende, blökende Schafe. Er nahm ihre Hand, und sie passte sich seinen Schritten an. Neben einer von Kiefern umgebenen Lichtung blieben sie stehen. Edna lehnte sich an einen Baumstamm, schloss die Augen, spürte die Borke zwischen ihren Schulterblättern, während er am Boden hockte und seine Schnürsenkel fester band.

Er kam so schnell wieder hoch, dass sie erschrak; sie spürte seine Hände, die mit einer schmerzhaften Intensität über ihre Brüste fuhren, als wäre eine stille Wut in ihnen. Sie wollte etwas sagen, stand aber nur schweigend da. Unter halb geschlossenen Lidern sah sie, wie er versuchte, den Gürtel seiner Hose zu öffnen. Seine rechte Hand lag immer noch auf ihrer Brust, er hatte offensichtlich Schwierigkeiten, das Gleichgewicht zu halten. Aus den Ästen fiel eine Kiefernnadel auf sein Haar und blieb liegen, als hätte sie jemand dort arrangiert.

Es war ein Abend im Mai, das Gras feucht, die Luft noch warm. Er stand vor ihr, die Boxershorts in den Kniekehlen, und dann erwiderte sie seine Küsse rasch und unbändig, als wolle sie ihm etwas zurückgeben, was sie ihm vorher genommen hatte. Sie strich ihm über das blondgelockte Haar, in den Bäumen schlug ein Vogel mit den Flügeln und stieß einen langen, fröhlichen Triller aus, als wäre er bestochen worden; schließlich glaubte sie zu spüren, wie Moritz sie mit der Kraft und dem Geschick eines Mannes umarmte, der genau wusste, was er wollte.

2

Moritz fragte sich später, wann ihre Geschichte wirklich begonnen hatte: als sie sich auf der Mauer geküsst hatten oder nach ihrem ersten Anruf? An dem Tag, als er ihr die Augen verband, oder als sie gemeinsam mit dem Fahrrad durch den Osten fuhren?

Ihre Begeisterung über seinen Vorschlag, nach Feuerland zu reisen, hatte sich in Grenzen gehalten, deshalb schlug er die Fahrt an die Ostseeküste vor und stand eine Woche später mit zwei Fahrrädern vor ihrer Tür.

Am ersten Tag schafften sie nur zwanzig Kilometer. Seine Kondition war nicht die beste, er rauchte zu viel, und immer wenn er Edna ansah, versuchte er, ihr ein entspanntes Gesicht zu zeigen. Es war eben nicht einfach, Fahrrad zu fahren und dabei auch noch gut auszusehen, dachte er, und trat fester in die Pedale.

Sie übernachteten in einfachen Pensionen, auf durchgelegenen Matratzen. Sie mussten sich von Hausmeistern herumkommandieren lassen, es gab kaltes Wasser, miserables Essen, Gemeinschaftstoiletten, und er bemühte sich, den künstlichen Tannenduft zu ertragen; es war wie ein Ausflug in eine Welt, die er nur aus Geschichtsbüchern und DEFA-Filmen kannte. Die mecklenburgische Landschaft lockte bei ihm eine melancholische Stimmung hervor, sie fuhren über verrostete Schienen, an maroden Bahnhöfen vorbei, querten Orte, die in ihre Einzelteile zerfielen und nichts mehr markierten als vergangenes Leben. Moritz fragte sich, wie viele Kriege das Kopfsteinpflaster überdauert hatte, wie viele Soldaten, Generäle und Minister.

Als Edna in einem Dorfkonsum nach ihrer Lieblingsschokolade suchte, beobachtete er draußen eine Gruppe von Männern, die vor einem Kiosk Bier tranken, und er hatte das Gefühl, sie würden ihn abschätzen, über ihn reden, und er fühlte sich unwohl in seiner Haut.

Etliche Tage und Reisekilometer später begann das Neue allerdings seinen Glanz einzubüßen. Der stinkende Laster vor ihm auf der Landstraße wirbelte nur noch Staub auf, die Abgase nahmen ihm die Luft, auf dem Kopfsteinpflaster fuhr es sich unbequem. Aus den Ritzen der Stadtmauer hatte sich die Historie verflüchtigt, und immer häufiger sehnte er sich nach einem Espresso. Seine Waden schmerzten, und er kam sich wie im Halbschlaf vor. Als sie unter dem schattigen Dach der Platanenallee in der kleinen Hafenstadt ankamen, gingen sie in das nächste Restaurant, und Moritz bestellte einen Kaffee.

Aber der Alte, trauriger Schnauzbart, ein Meer von Schuppen auf den glänzenden Stoffschultern, weigerte sich, ihm einen Kaffee mit aufgeschäumter Milch zu servieren.

»Gibt's hier nicht«, sagte er in einem Ton, in dem noch die frühere Allmacht der Kellner mitschwang.

»Gibt's hier nicht«, wiederholte Moritz verärgert. »Vielleicht sind Sie einfach nicht in der Lage dazu.« Er starrte den Alten an.

Inzwischen hatte sich noch ein jüngerer Kellner zu dem traurigen Schnauzbart gestellt. Sie betrachteten ihn wortlos, spöttisch, aber auch angespannt, Block und Stift in der Hand; sie kamen Moritz wie abgerichtet vor, Kettenhunde auf dem Sprung.

Warum sagten sie nichts, dachte er, und dann platzte es aus ihm heraus: »Sie wissen wohl nicht, wer ich bin?«

Der Jüngere fuhr sich mit der Hand übers Gesicht, um sein Grinsen zu verbergen. Als hätten sie nur auf diesen Satz gewartet, dachte er.

»Wir danken«, sagte Moritz und erhob sich.

Edna schien den Kellnern mit einem Achselzucken ihr höfliches Bedauern zu signalisieren. Der Schnauzbart trat zur Seite; während sie hinausgingen, fixierte er Moritz mit einem verächtlichen Blick und sagte: »Jetzt sind wir mal dran.« Dann beugte er sich vor und sagte: »Das haben wir uns verdient, mit jedem Tag, den wir hier waren.«

»Sie wissen wohl nicht, wer ich bin«, äffte Edna ihn draußen nach. »Wer glaubst du denn zu sein?«

»Ich habe ein Recht darauf«, versuchte er sich zu rechtfertigen, und wusste selbst nicht, was er eigentlich meinte. Ihren spöttischen Blick hätte er am liebsten nicht gesehen, dachte er, sie musste doch gemerkt haben, dass die Kellner Witzfiguren waren.

Die Nacht verbrachte Moritz unruhig; Männer strichen auf leisen Kellnersohlen durch seine Träume, und als er im Morgengrauen erwachte, wusste er zuerst nicht, wo er sich befand. Er kam langsam hoch und entdeckte neben sich das leere Bett. Schlaftrunken lief er durch das Zimmer, fand Edna weder auf der Toilette noch auf dem Flur. Er trat an das offene Fenster und registrierte, dass es bis auf den Wind still war, kein Geräusch auf der Straße, und als er sich umsah, war er überrascht, wie sehr er Edna vermisste. Er sah auf dem Stuhl ihren Rucksack, glaubte einen Hauch ihres Parfüms wahrzunehmen, doch dann bemerkte er den Geruch von Desinfektionsmitteln, der die Luft durchzog, der diesem ganzen Land anzuhaften schien. Inzwischen war er besorgt und auch ein wenig verärgert, doch als Edna endlich am Ende der Straße auftauchte, empfand er nur ein Gefühl der Erleichterung.

»Himmel, du hast mir Angst eingejagt«, sagte er, als sie vor ihm stand.

Sie sprach langsam und leidenschaftslos auf ihn ein. Sie schien ihm einen Entschluss mitteilen zu wollen. Er verstand zuerst kein Wort von dem, was sie sagte, dann begriff er immerhin soviel: sie bot ihm ihre Freundschaft an, und irgendwie verstand er, dass diese Freundschaft alles Weitergehende ausschloss.

Noch während sie redete, sprang ihn Panik an. Er schwor sich, im Osten nie wieder einen Kaffee mit aufgeschäumter Milch zu bestellen. Er sah nun die Notwendigkeit, Edna an sich zu binden, für lange Zeit, und wenn es sein musste, für immer.

Sie hatten doch längst eine gemeinsame Geschichte, dachte er, als sie am nächsten Abend in der Dämmerung auf der alten Holzveranda saßen. Sie hatten Kerzen angezündet und tranken Wein aus Pappbechern. Der See lag ruhig vor ihnen, eine gestraffte, zinnfarbene Fläche, eingehüllt von der Dunkelheit, und er betrachtete Edna, konnte den Blick nicht mehr von ihr lassen, hörte gleichsam durch ihre Ohren das laute Kräik, Kräik, das die Fischreiher über das Wasser warfen. Später verstummte das Gekreische der Vögel, in der Nachtschwärze nur noch das Glimmen ihrer Zigaretten und ein Moment vollkommener Stille, den er ewig ausdehnen wollte. Moritz spürte eine tiefe Freude, hier neben dieser jungen Frau zu sitzen, und voller Überschwang wollte er eins mit ihr werden, eins mit der Landschaft, eine ganz und gar verwunschene

20

Landschaft. Als sei dieser Flecken Erde vor einem halben Jahrhundert jemandem aus der Hand gefallen, dachte er, und liegen geblieben, einfach so.

Hunger

Katharina lag auf dem Bett in der Marilyn-Monroe-Honeymoon-Suite; in diesen Räumen hatten einst Tony Curtis und Jack Lemmon als Josephine und Daphne um Sugar alias Kane Kowalczyk gestritten. Sie hatte sich nie vorstellen können, einmal in diesem Zimmer zu frühstücken, wo Marilyn ihre Fußnägel lackiert und Filmgeschichte gemacht hatte, und sie fragte sich, ob das nicht eine Nummer zu groß für sie sei.

Noch vor einem Jahr war sie in einem von ihrer Mutter geschneiderten Kleid auf dem Tanzstundenball in Dresden gewesen, und in derselben Nacht war die Mauer gefallen.

Die Tage, Wochen und Monate danach gerieten zu einem riesigen Durcheinander. Ihre Freunde wollten reisen, manche unterbrachen ihr Studium, andere gaben es ganz auf. Katharina studierte Zoologie in Berlin, und es kam ihr nicht in den Sinn, auch nur ein Semester auszusetzen. Irgendwann kamen ihr die Häuser, Plätze und Straßen in ihrem Heimatort vor, als wäre noch der letzte Rest von Farbe herausgewaschen. Ihre Mutter arbeitete im Schichtdienst als Oberschwester in einem Krankenhaus, und ihr Vater war Hausmeister in der nahe gelegenen Grundschule; sie war das einzige Kind. Katharina hatte nie über ihre Familie nachgedacht, sie war ihr wie das verlässliche Fundament in ihrem kleinen, einstöckigen Elternhaus vorgekommen – dessen Dach plötzlich mit neuen türkisfarbenen Ziegeln gedeckt werden musste, obwohl es gar nicht defekt war. Im Flur türmten sich Berge von Katalogen, ausgeschnittenen Gutscheinen und Reklamesendungen, von ihren Eltern gewissenhaft gelesen und geordnet, als wären es lebensrettende Dokumente.

Auf einer Dampferfahrt über den Berliner Wannsee hatte sie Steffen kennengelernt. Ein schmaler, helläugiger und vollständig kahlköpfiger Mann im Anzug stand an der Reling und folgte ihr mit jedem seiner Blicke. Es war ein stürmischer Tag, der Himmel von einem leuchtenden Eisblau, das Boot schwankte. Als sie an Land ging, hörte sie ihn hinter sich ein Kinderlied pfeifen, *Wenn ich ein Vöglein wär'*.

Später sagte er, es wäre Liebe auf den ersten Blick gewesen, doch da hatte sie sich schon an sein rückhaltloses Werben gewöhnt. Steffen war Zahnmediziner und hatte gerade die Praxis seiner Eltern übernommen. Katharinas Zähne benötigten dringend eine Korrektur, und er empfahl ihr, dies nach der Hochzeitsreise zu regeln.

24

Gestern waren sie angekommen, ein Paar in den Flitterwochen. Das gebuchte Hotelzimmer direkt am Meer, inklusive dem Queen-Size-Bett, war Steffens Hochzeitsgeschenk an sie; auch den feinen, weißen kalifornischen Sandstrand legte er ihr zu Füßen. Über den Haussender liefen ununterbrochen Marilyn-Monroe-Filme. Sie versuchte ihm ihre Freude und Dankbarkeit zu zeigen, aber es gelang ihr nicht: trotz der neuen Sonnenbrille war sie vom Licht geblendet, ständig gurgelte irgendwo eine Toilettenspülung, und ihr Kopf schmerzte. Aber eigentlich war sie nur eingeschüchtert von dem ganzen Pomp; sie fühlte sich von zahllosen Missverständnissen umgeben und irgendwie im falschen Film.

Vorhin war das Zimmermädchen hereingekommen, und da Katharina ihr Englisch nicht verstand, hatte sie immer wieder nur »Sorry« gemurmelt und dabei ratlos die Schultern hochgezogen, während das Zimmermädchen bei seinem Lächeln blieb und einen kleinen, scharfen Eckzahn entblößt hatte. Katharina fühlte sich wie eine Hochstaplerin, wenn sie versuchte Englisch zu sprechen. Sie war der Liebling ihrer Russischlehrerin gewesen.

Steffen besichtigte seit dem Morgen einen Militärflughafen am Rande der Stadt. Er hatte ihr erst nach der Hochzeit von seiner Vorliebe für Militärisches und Kampfflugzeuge erzählt, mit belegter Stimme, als würde er eine Sünde beichten. Es war ihr egal gewesen, sie fand es nur erheiternd, dass er ein Geheimnis daraus gemacht hatte.

Statt ihn zu begleiten, lag sie auf dem Queen-Size-Bett, sah das Zimmermädchen vor sich, und ein Gefühl von Peinlichkeit steckte ihr noch in den Gliedern. Durch das offene Fenster wehte ein bitterer Algengeruch vom Meer, sie stand auf und ging ins Bad. Der vergoldete Spiegel nahm die gesamte Wandfläche ein, sie betrachtete ihren leicht gewölbten Bauch, öffnete den Wasserhahn über der riesigen, klauenfüßigen Badewanne. Auf dem Marmortischchen daneben stand ein silberner Kübel mit eisgekühltem Champagner. Sie konnte sich nicht erinnern, wann sie das letzte Mal Alkohol getrunken hatte. Sie ging zurück in die Suite, betrachtete die Filmrequisiten und betrat den großen, begehbaren Kleiderschrank, in dem es nach Lavendel und alten Zeitungen roch. Sie schloss die Augen und stellte sich vor, es wäre Nacht. Dann ging sie ins Bad, stellte den Wasserhahn über der Wanne wieder ab. Katharina erwog kurz, die Champagnerflasche zu öffnen, stattdessen legte sie sich ins Bett. Sie schaute zum Fernseher – Sugar spielte gerade auf der Ukulele und hielt dabei nach ihrem Millionär Ausschau.

In letzter Zeit verspürte Katharina einen fast schmerzhaften Hunger und kam sich selbst wie ein gefräßiges Tier vor. Wegen ihrer Aussprache bestellte Steffen für sie das Essen. Katharina fragte sich, ob ihr Appetit hier in Amerika noch größer geworden war, denn sie hatte in den vergangenen zwei Tagen sehr viel gegessen; Burger mit Barbecue-Sauce, Schweinefleisch-Burger, Doppel-Crispy-Chicken-Burger, sogar den Giant-Burger hatte sie geschafft. Während Steffen nach dem Frühstück duschte, aß sie die Reste von seinem Teller, und fast immer konnte sie ihn dazu überreden, danach noch Apfelstrudel und Häagen-Dazs-Eiscreme zu bestellen. Katharina hatte darauf bestanden, nur in ihrem Hotelzimmer zu essen; im Restaurant bekam sie keinen Bissen herunter, sie kam sich dort vor wie eine Promenadenmischung, die sich zwischen Königspudeln bewegte. Die Amerikanerinnen mit ihren schönen weißen Zähnen, die so selbstsicher ihre Gabeln zum Mund führten, völlig gelassen ihre Cola light bestellten, kauten, redeten und gleichzeitig tranken, waren für sie Wesen aus einer anderen Welt.

Sie schloss die Augen und dachte an nichts mehr. Die Musik drang wie aus weiter Ferne zu ihr, und dann spürte sie, wie sie allmählich in den Schlaf glitt.

Als sie die Augen öffnete, war es schon dunkel. Auf dem Bildschirm war immer noch Marilyn zu sehen, die mit ihren Kolleginnen aus der Frauenband im Meer planschte. Katharina fühlte sich überfordert von dem ganzen Marilyn-Spektakel; warum waren sie eigentlich hier, fragte sie sich, was hatte sie mit dem kurvenreichen Liebchen eines amerikanischen Präsidenten zu tun? Sie schaltete das Gerät aus und drehte sich zur Seite.

Als Steffen das Zimmer betrat, stellte sie sich schlafend. Erst als sie sein Gesicht über sich spürte, schlug sie die Augen auf und blickte in zwei dunkle Brillengläser.

»Hunger«, sagte sie, »ich hab Appetit auf Truthahn, einen ganzen natürlich, ein großes Steak wäre mir auch willkommen, Sauerkraut, Würstchen und einen Becher Erdbeereis.« Mit einem vergnügten Blinzeln registrierte sie, wie Steffen sich um ein Lächeln bemühte.

Steffen bestellte ihr einen Giant-Burger, den sie gierig hinunterschlang.

Als sie durch die Hotelhalle gingen, trug Katharina ihr neues Kostüm, fliederfarben, mit einem Fransengürtel in der Taille; nach dem Kauf hatte es ihr noch gefallen, aber hier kam sie sich vor, als wäre sie lächerlich herausgeputzt. Die abschätzenden Blicke der anderen Hotelgäste ließen ihre Schritte schwer werden, und von allen Seiten wurde sie von Marylin angestarrt, deren Fotos zu Dutzenden die Wände der Hotelhalle bedeckten.

»Der eiserne Holzfäller«, sagte sie überrascht und blieb vor einem Bild stehen. »Was macht der denn hier?«

Steffen betrachtete sie verständnislos.

»Der ist aus meinem russischen Kinderbuch«, sagte sie.

»Was für ein Russe?«, sagte Steffen und besah sich die Zeichnung.

»Ein russischer Schriftsteller«, sagte sie.

Katharina hatte alles Mögliche in Amerika erwartet,

aber nicht ihr Lieblingskinderbuch. Es war das Erste, was sie hier fröhlich machte.

Steffen quittierte ihre Aufregung mit spöttisch hochgezogenen Mundwinkeln. »Dieser Russe«, sagte er, »hat alles nur von einem Ami abgekupfert. Das Buch kennt bei uns jedes Kind: ›Der Zauberer von Oz‹.« Dann fasste er den Inhalt des Buchs für sie zusammen; es war tatsächlich ihre Geschichte.

Katharina hatte noch genaue Erinnerungen an das Buch. Es war schon viele Jahre her, dass sie es gelesen hatte, aber der eiserne Holzfäller war ihr noch sehr vertraut, sie konnte sich an jedes Detail seiner Abenteuer erinnern. Sie dachte, dass es keine Rolle spiele, wer der Autor des Buches war, immerhin hatten sie in ihrer Kindheit die gleiche Geschichte gelesen. Als sie versuchte, es Steffen zu erklären, betrachtete er sie verwundert. »Easy going«, sagte er, »du musst lernen easy going zu sein.«

Am nächsten Morgen fuhren sie in einem Mietwagen in Richtung Sierra Nevada. Die Hotelgeräusche und das ewige »I wanna be loved by you« wurden zu einem fernen Echo. Sie hatten die Stadt gerade hinter sich gelassen, als Steffen genau diese Melodie vor sich hin zu summen begann. Katharina schloss die Augen. Sie hätte ihm sein ganzes easy going am liebsten um die Ohren gehauen, und für einen Augenblick stellte sie sich vor, sie wäre wieder zu Hause, ohne ihn.

Sie lehnte sich in den Sitz zurück und verschränkte die Arme vor der Brust. Das Licht war weiß und grell, ihre Augen schmerzten. Katharina verschlief die ganze Fahrt. Als sie erwachte, wusste sie zuerst nicht wo sie war. Der Abend war angebrochen und Steffen sagte etwas, das sie nicht verstand. Dann parkte er das Auto am Rande eines Sandwegs. Er stieg aus und reckte sich nach allen Seiten. Katharina folgte ihm langsam, jeder Schritt kostete sie Kraft. Sie hatte das Gefühl von schwindelerregender Orientierungslosigkeit. Aber dann erblickte sie das Sandmeer, und die Stille ging bis zu den roten Rändern des Himmels, und sie bekam eine Ahnung, wie es gewesen sein könnte, als die Erde noch unbewohnt war.

Steffen nahm sie in die Arme, hielt sie fest und flüsterte: »Da staunst du, was?«

Wollte er ihr die Wüste anpreisen, als hätte er sie eigens für sie erschaffen? Sie spürte, wie das Blut in ihren Ohren hämmerte, der Sand sich um sie zu drehen begann; ihre Knie gaben nach und sie fiel.

Sie erwachte in einem kleinen Motel. Steffen saß neben ihr am Bettrand. Er hielt ihre Hand. Sie seien ganze fünf Minuten in der Wüste gewesen, sagte er, das sei ganz sicher ein Rekord.

Ihre Hochzeitsreise führte sie weiter nach New York. Die Fluggesellschaft hatte eine mexikanische Woche ausgerufen, und während des Fluges aß Katharina Käse-Enchiladas, Tortillas, Chili-Burritos und Guacamole-Chips, dazu trank sie mehrere Flaschen Cola. Überwältigt von ihrem entsetzlichen Hunger, nahm sie all

30

diese Speisen mit einem gleichmütigen Lächeln zu sich.

Als sie in New York landeten, konnte sie sich kaum mehr bewegen. Es überraschte sie, wie straff ihr Kleid über den Hüften saß, das Atmen strengte sie an. Sie spürte einen aufsteigenden Brechreiz, und als Steffen nach einem Taxi winkte, übergab sie sich mitten auf der Straße in Richtung downtown.

It takes two to tango

Als Moritz nach einem Imbiss bei Burger King mit dem halbvollen Colabecher in der Hand auf den Bürgersteig trat, prasselten Regentropfen aus dem tiefschwarzen Himmel. Er stellte sich neben eine Frau in einem hellen durchweichten Mantel, sah das Wasser über ihr regloses Gesicht rinnen, und dann winkten sie beide gleichzeitig nach einem Taxi. Sie wollte ihm den Vortritt lassen, doch er hielt ihr die Tür auf, und so kamen sie nebeneinander im Wagen zu sitzen und einigten sich, welches Ziel der Fahrer zuerst ansteuern solle. Als das Taxi losfuhr, fluchte er leise über das Wetter, sie machte ein kleines Geräusch, als hätte sie Schluckauf, und wischte mit ihrer Hand über die beschlagene Scheibe. In einer Kurve schwangen große, altmodische Ohrringe aus ihrem nassen Haar hervor. Er spürte, dass er seinen Blick nicht mehr von ihr lassen konnte. Plötzlich störte ihn die laute Musik im Radio. Er hielt noch immer den halbvollen Colabecher in der Hand, und als er den Fahrer bitten wollte, das Radio leiser zu stellen, bekleckerte er ihren hellen Mantel. Moritz notierte sich ihre Telefonnummer, denn

natürlich würde er für die Reinigungskosten auf-
kommen.

Während er an seinem Schreibtisch saß und seine
neue Fernsehsendung vorbereitete – er wollte »Helden des Alltags« zu ihren Heldentaten interviewen –,
schweiften seine Gedanken immer wieder ab. Merkwürdig, vor Stunden hatte er sich noch in Gedanken
mit der Trennung von seiner Freundin beschäftigt, sie
hatte ihn vor einigen Wochen verlassen, und schon
jetzt bekam er die junge Frau aus dem Taxi nicht mehr
aus seinem Kopf. Eigentlich war er noch gar nicht of-
fen für ein neues Abenteuer.

Dennoch wählte er am nächsten Tag Wiebkes
Nummer, und sie trafen sich in seinem Lieblingscafé.
Was für schön geformte Ohrläppchen, dachte er,
und dann, als sie mit ihren Fingerknöcheln rhyth-
misch auf den Tisch klopfte, was für zarte Handgelenke, und dieser Schimmer auf ihrem Handrücken, die
kaum sichtbaren Härchen. Ja, er konnte alles überge-
nau wahrnehmen, ihre Halslinie, sanft hinabgebogen,
das Haar mit zwei Kämmen aus der Stirn gesteckt,
den winzigen dunklen Fleck auf ihrer Iris. Sein Blick
glitt über ihre Brüste unter dem hellen T-Shirt und
dann wieder hinauf zu ihrem Lächeln. Er hoffte, dass
der Abend mit ihr in die Nacht übergehen würde. Inzwischen hatte er so viel Kaffee getrunken, dass ihm
sein Kopf ganz leer schien, alles Denken wie wegge-
rutscht.

Sie zogen von Kneipe zu Kneipe und landeten frühmorgens in seiner Wohnung. Wiebke schlief sofort ein,
und als er, geblendet vom hellen Tageslicht, erwachte,
lag sie nicht mehr neben ihm. Er fand sie schlafend auf
dem Teppich vor seinem Bett. Das Licht ließ sie jung
und sehr schmal erscheinen, sie hatte die langen,
schön geformten Arme einer Tänzerin und einen kna-
benhaften Po.

Er setzte sich zu ihr, berührte sanft ihr Gesicht,
küsste ihr das langsame Erwachen von den Augenlidern. Als sie sich liebten, versuchte er, sich so leicht
wie möglich zu bewegen. Ermattet lagen sie nebeneinander, und Wiebke begann mit leiser Stimme Geschichten aus ihrer Kindheit zu erzählen. Sie kam aus
einem Kaff irgendwo im Osten, war in einem Kinder-
heim aufgewachsen, ihren Vater hatte sie nie kennengelernt. Sie war zehn, als ihre Mutter starb. Während
sie Malerei studierte, arbeitete sie nebenbei als Putz-
frau, verteilte Werbezettel auf der Straße, führte
fremde Hunde aus. Sie hatte alles Mögliche getan, um
ihr Studium zu finanzieren, doch dann brach sie es vorzeitig ab.

Es überraschte ihn, wie emotionslos sie über ihr Leben sprach, das ihm wie eine Abfolge von Desastern
vorkam, und als sie ihm ihr Alter nannte, war er verblüfft, sechsunddreißig, er hatte sie wesentlich jünger
geschätzt.

Noch während sie redete, kam ihm sein eigenes Leben regelrecht fade vor, und als er dann von sich er-

zählte, hatte er das Gefühl, seine Vergangenheit ausschmücken zu müssen, und so erfand er englische Privatschulen und lange Winter in der Schweiz. Aus einem Krimi borgte er sich eine alte Dame und deren Verbindungen zum Vatikan und machte diese schließlich zu seiner Großmutter.

Von nun an sahen sie sich regelmäßig. Er nannte Wiebke jeden Tag ein englisches Sprichwort, das sie lernen sollte, um ihre Sprachkenntnisse zu verbessern. Er war gerührt von ihrer Handschrift, mit der sie sorgfältig die englischen Sätze notierte, fand die Buchstaben biegsam wie ihren Körper. Er genoss ihre Unsicherheit, wenn sie gemeinsam in seinem Jaguar einkaufen fuhren, und sie dann die passenden Kleider zu seinen Anzügen probierte. Auch war er beeindruckt von ihrer Streitlust, ihrer bisweilen lässigen Art, Konventionen zu begegnen, aber gleichzeitig war er auch vage beunruhigt.

Er nahm sich viel Zeit, ihre Ölbilder zu betrachten, hob lobend einzelne Details hervor, obwohl er nicht einmal wusste, ob er ihre Arbeiten überhaupt mochte. Auf ihren Bildern gab es nichts Schönes, nur verwirrend karge Landschaften, und ihre Porträts empfand er als merkwürdig seelenlos.

Moritz erzählte ihr von den zahlreichen weißen, seidenen Kleidern seiner Mutter und von den gefährlichen Aufgaben seines Bruders bei der NASA. Ihr Staunen machte ihn glücklich und schien ihm zu bestätigen, dass er ihre Erwartungen erfüllte. Er verschwieg ihr, dass er seinen Bruder für einen Versager hielt und ihn seit Jahren nicht gesehen hatte. Die Lüge erschien ihm auch als Möglichkeit, ihr den wirklichen Bruder zu verschweigen; es kam ihm vor wie ein listiges Tauschgeschäft.

Ständig musste er an Wiebke denken, noch im Halbschlaf sehnte er sich nach ihr. Er dachte daran, ihr einen Heiratsantrag zu machen, mit ihr den Mount Everest zu besteigen, auf der Bergspitze wollte er vor ihr niederknien, aber dann sagte er es bereits, während sie inmitten von Touristen die Stufen zur Siegessäule hinaufstiegen, und sie musste so laut lachen, dass sich alle nach ihnen umsahen.

In den nächsten Tagen überfiel ihn eine merkwürdige Heiterkeit, und als Wiebke ihm sagte, sie wäre schwanger, war es ihm wie ein Scherz vorgekommen. Er war verblüfft über ihre ruhige Stimme, mit der sie ihm beiläufig mitteilte, dass sie Zwillinge erwartete. Und er war überrascht über das Tempo, das sein Leben nun zu entwickeln begann.

Bald bezogen sie eine neue, gemeinsame Wohnung. Er half ihr, die Umzugskisten zu packen. Als er ihren alten Schwarzweißfernseher auf den Müll werfen wollte, protestierte sie lautstark.

»The early bird catches the worm«, flüsterte er ihr ins Ohr, als sie das erste Mal in ihrem neuen Schlafzimmer neben ihm erwachte.

Bei der Hochzeit hatte Wiebke die Ringe vergessen,

und die ganze Zeremonie erschien ihm unwirklich, als würde es nicht ihm, sondern einem Anderen passieren. Sie hatten keine Feier geplant, und so liefen sie nach der Trauung eine Weile ziellos unter der kalten Wintersonne durch die Straßen, bis Moritz vorschlug, in den Zoo zu gehen. In der Abteilung für Nachttiere blieb Wiebke vor dem Fenster des Fledermausgeheges stehen, fragte ihn wieder einmal nach seiner Familie aus, und er meinte, in ihrer Stimme einen Anflug von Spott wahrzunehmen. Er wollte, dass sie still war, begann sie zu küssen, aber als er dann mit seiner Hand über ihre Hüften fuhr, erregte es ihn. Seine Küsse wurden heftiger, und aus irgendeinem Grund musste er an eine Zugfahrt aus seiner Kindheit denken. Er hatte damals Lokomotivführer werden wollen oder ein berühmter Forschungsreisender. Moritz knöpfte ihre Jeans auf, ihre Haut war warm, er spürte ein Nachgeben in ihrem Körper, zog ihr den Slip in die Kniekehlen und drang in sie ein. Einsam in seiner Lust, nahm er bald nur noch seine Augen im Spiegel der Glasscheibe wahr, versank im Dunkel seiner Pupillen, bis er ejakulierte.

Wiebke hatte sich in letzter Zeit verändert. Sie war im fünften Monat, und er konnte nicht einschätzen, ob ihre kleinen Wutausbrüche und die übertriebene Anhänglichkeit von ihrer Schwangerschaft verursacht waren oder ob es in ihrem Wesen lag. Abends erwartete sie ihn bereits ungeduldig am gedeckten Tisch, und ihr Appetit hatte erschreckende Ausmaße angenommen. Moritz hatte sich nicht vorstellen können, dass dieser mädchenhafte Körper zu solch einer Metamorphose fähig war. Anfangs rundete sich nur ihr Bauch, aber dann wurden ihre Brüste schwer, die Brustwarzen zwei dunkle Zitzen. An ihren geschwollenen Beinen schimmerten die Adern und Venen durch die Haut, und ihre Oberarme waren inzwischen stärker als seine eigenen. Sie verschlang alles Essbare, was ihr in die Hände kam und schien außerstande, es auch nur ein paar Minuten ohne Kauen oder Schlucken auszuhalten.

Unersättlich war sie auch, was seine Geschichten betraf. Sie wollte immer mehr hören, mehr über seine Familie erfahren, obwohl sie inzwischen begonnen hatte, seine Ausschmückungen kritisch zu hinterfragen. Sie hatte sich jedes Detail seiner Phantasiegeschichten gemerkt, als hätte er diese mit roter Tinte für sie niedergeschrieben, und er verhedderte sich mit jeder Wiederholung mehr. Dabei hatte er seiner Biographie nur die eine oder andere Farbe hinzufügen wollen. Er fand es erheiternd, dass er seine Familie mütterlicherseits von Charles Darwin abstammen ließ. Hatte Wiebke nicht das Darwinsche Höckerchen an seinem Ohr als Beweis gelten lassen?

Die meisten Abende verbrachten sie gemeinsam auf dem Sofa. Sie sahen sich Filme aus der Videothek an, und seitdem Wiebke *Rosemaries Baby* gesehen hatte, galt ihre Vorliebe den Horrorfilmen. Ihre Reaktionen überraschten ihn, sie schien geradezu in ihrer Furcht zu versinken, starrte mit feierlichem Ernst auf den Bildschirm und verschlang dabei tütenweise Chips und Süßigkeiten. Wenn sie die Spannung nicht mehr ertrug, klammerte sie sich an ihn, und er kam sich wie ihr Beschützer vor. Doch eigentlich blieb ihm ihre Schwangerschaft rätselhaft, er begriff sie einfach nicht, die verschiedenen Spielarten ihres Ichs.

Die Arbeit beim Fernsehen erschien ihm dagegen wie ein Kinderspiel. Er hatte die Zuversicht, an beinahe jedem Menschen das Heldenhafte seines Alltags sichtbar machen zu können. Er ließ jeden aus seinem Kokon schlüpfen und servierte ihn dann quotentauglich. Und was gaben die Menschen nicht alles, um für ein paar Fernsehminuten lang berühmt zu sein.

Als Wiebke im neunten Monat war, bestand sie darauf, endlich seine Familie kennenzulernen. Oft würden die Kinder ihren Großeltern ähneln, sagte sie, und sie wolle endlich sehen, was da auf sie zukäme. Er wusste nicht, ob sie es ernst meinte oder sich über ihn lustig machte. Moritz schenkte ihr einen in Gold gefassten Amethyst als Schutz gegen den bösen Blick. Er gab den Stein als Erbstück seiner Großtante aus, einer früh verstorbenen Geigenvirtuosin.

Seine Eltern wohnten seit vierzig Jahren in einem kleinen Reihenhaus mit einem handtuchgroßen Gärtchen. Seine Mutter, inzwischen Rentnerin, hatte früher als

Säuglingsschwester gearbeitet, und er war sicher, dass sie eher schottische Faltenröcke tragen würde als weiße, seidene Stoffe. Sein Vater entwarf Muster für Tapeten und Tischdecken, auf keinen Fall konnte man ihm den Piloten, Flugkapitän oder Kommandanten abnehmen.

Er beschloss einen Überraschungsbesuch bei seinen Eltern und deutete Wiebke an, dass sein Vater wahrscheinlich Alzheimer hatte. Aber dann musste er doch keine komplizierten Ablenkungsmanöver veranstalten, denn Wiebkes Wehen setzten ein, als sie gerade im Wohnzimmer seiner Eltern Platz genommen hatte.

Das waren keine menschlichen Laute, dachte er bei der Geburt, das konnte nicht Wiebke sein, die diese rohen Töne von sich gab. Als Moritz ihre Hand halten wollte, spürte er sie unendlich weit von sich entfernt, und er hatte das Gefühl, ohnmächtig zu werden. Er suchte den Blick der Krankenschwester, und sie führte ihn am Arm aus dem Kreißsaal. Nichts für schwache Nerven, sagte sie. Er setzte sich zu seinem Vater in den Vorraum, erhob sich jedoch gleich wieder und ging in die Raucherecke, steckte sich eine Zigarette an der anderen an, inhalierte tief. Die Stimme seines Vaters vernahm er wie durch einen summenden Nebel. »Sie sind angekommen«, sagte er, und Moritz dachte zuerst, er würde von irgendwelchen Reisenden sprechen.

Er empfand eine Mischung aus Rührung und Angst, als er sich die Säuglinge mit ihren schrumpligen Altmännergesichtern zeigen ließ. Wie gern hätte er gesagt, dass er Freude empfand, doch schon der zweite Blick auf diese winzigen Wesen ließ ihn schwer werden, als hätte er plötzlich an Gewicht zugelegt.

Die nächsten Wochen schwappten wie riesige Wellen über ihn hinweg, und noch immer hatte er sich nicht an den neuen Zustand gewöhnt. Spät in der Nacht stand er im Türrahmen und betrachtete die Frau, die vor ihm auf dem Boden saß und Paul die Flasche gab. Wiebkes Gesicht zeigte kaum eine Regung, ihre Haut sah grau aus, von kleinen Falten durchzogen, ihr Körper war noch immer der einer Schwangeren. Eine Hummel, dachte er, eine dicke summende Hummel, die ihn mit einem Hummelblick anstarrte, sie schien sich in einem Stupor des Glotzens festzuhalten. Wortlos reichte sie ihm die Milchflasche zum Aufwärmen, er ging in die Küche, hielt die Flasche unter den warmen Wasserstrahl. Es kam ihm so vor, als würden sie nur Vater und Mutter spielen, es konnte gar nicht anders sein, dachte er, denn alles andere würde bedeuten, dass er auch die nächsten Jahre so verbringen musste.

Als er endlich ins Bett gehen wollte, begann seine Tochter Marie zu schreien. Wiebke übergab ihm Paul, der sich sofort in seinen Armen versteifte und ihm Milch aufs Hemd spuckte. Er wollte nicht aus der Flasche trinken und stieß stattdessen klägliche Laute aus, als würde er gleich ersticken. Moritz trug ihn auf seinem Arm, ging mit ihm umher, fühlte Müdigkeit wie eine bleierne Glocke über sich, und erst als das Morgengezeter der Vögel einsetzte, konnte er seinen Sohn ins Bett legen.

Moritz musste seine ganze Geduld aufbringen, um die nächsten Monate nicht durchzudrehen. Er betrat schon beklommen die Wohnung, verschanzte sich sofort in seinem Zimmer, gab vor, für die nächste Sendung zu arbeiten, und hielt sich die Ohren zu, wenn die Kinder schrien. Wiebke hatte sich angewöhnt, seine Hemden zu tragen, darunter verbarg sie ihren noch immer runden Bauch.

Als sie das erste Mal Gäste erwarteten, übernachteten die Kinder bei einem Babysitter. Die nächsten Stunden hätten eigentlich sorglos verlaufen können. Aber Moritz wusste, er würde sich anstrengen müssen, sie aufzuheitern, denn Wiebke besaß die Begabung, stets zur falschen Zeit die Unglückliche zu geben.

Mit einem diffusen Unbehagen ging er in die Küche. Dort saß sie mit einem abwesenden Gesichtsausdruck und starrte aus dem Fenster, um sie herum ein Chaos von Töpfen, Tellern und Schüsseln. Er nahm sich einen Stuhl, setzte sich zu ihr. Als er den Arm um ihre Schulter legte, sah er, dass sie weinte. »Was ist los?«, fragte er, und spürte bereits, welche Anstrengung ihn dieser Abend kosten würde. »Nichts«, sagte sie und wandte ihr Gesicht ab. Er glaubte, das Vibrieren der Nerven unter der Oberfläche ihrer Haut fühlen zu können, die Demonstration ihrer Verletzlichkeit widerte ihn an. »Ich hätte dir beim Kochen helfen sollen«, sagte er und dachte daran, wie er sie kürzlich am Telefon zu jemandem »It takes two to tango« sagen hörte, und er war erstaunt über ihre gute Aussprache gewesen.

Als es klingelte, nahm er mit Verwunderung ihre roten Lippen wahr und registrierte aus den Augenwinkeln ihren freundlichen Gesichtsausdruck. Allmählich begann er sich zu entspannen, scherzte mit der Frau seines Chefs, bot Sekt an. Wiebke beantwortete die Fragen der Gäste einsilbig, aber er spürte, dass sie sich Mühe gab. Als sie das ganze Essen auf einmal servierte, Vorspeise, Hauptgericht und Dessert auf dem Tisch abstellte und sich dann wortlos setzte, schien dies keine wirkliche Katastrophe zu sein. Unmerklich übernahm die Frau seines Chefs die Rolle der Gastgeberin, sie half ihm, das Essen zu reichen, die Gläser nachzufüllen und die Quarktorte in kleine Stücke zu schneiden. Moritz war erleichtert, dankbar für die Hilfe, und dachte, wie viel einfacher sein Leben mit einer solchen Frau sein würde. Seine Gäste versuchten Wiebke in ihre Gespräche mit einzubeziehen, sie aber stand immer wieder unvermittelt auf, verließ für eine Weile das Zimmer, und irgendwann kam sie einfach nicht mehr zurück.

44

Nachdem sich ihre Gäste verabschiedet hatten, merkte er, wie froh er war, den Abend überstanden zu haben. Er löschte das Licht, setzte sich in einen Sessel, und in diesem Augenblick der Stille dachte er mit Rührung an Wiebkes Unbeholfenheit. Er erinnerte sich an eine Geschichte, die sie ihm erzählt hatte. Als sie kurz nach dem Mauerfall von einem westdeutschen Bekannten in ein Restaurant eingeladen worden war, bestellte dieser Austern für sie, und sie hatte, während der Bekannte auf der Toilette war, die gesamte Portion in ihrer Handtasche verschwinden lassen, weil sie nicht wusste, wie man sie aß. Damals fand Moritz diese Geschichte sehr komisch, und er hatte das Gefühl gehabt, Wiebke beschützen zu müssen.

Im nächsten Sommer ging Moritz mit ihr an der Mulde entlang, einem Nebenfluss der Elbe. Es war ihr erster gemeinsamer Ausflug seit langem. Das dunkle Wasser des Flusses schluckte das Licht und roch nach Chemie. Er mochte die Landschaft, deren spröde Schönheit er mit Wiebke verband. Sie zeigte auf das Fährhaus, von dem sie ihm so begeistert erzählt hatte. An der Wäscheleine flatterten Bettlaken und angegraute Männerunterhosen, ein altes Motorrad stand vor einem ausgebrannten Schuppen, die Luft roch nach Moos und Pilzen. Eine Frau kam aus dem Haus, gab ihnen die Hand und stellte sich vor. Die Fährfrau war größer als Moritz und verströmte den Geruch von Seife. Sie redete eine Weile mit Wiebke, dann stiegen sie zu dritt in den Kahn, von dem überall rote Farbe in großen Fetzen abblätterte. Der Kahn schwankte, als Moritz sich auf die wacklige Holzbank setzte. Die Fährfrau stieß das Boot mit einem langen Stab vom Grund ab, Wiebke stand neben ihr und starrte ins Wasser. Sie sah müde aus, fand Moritz, und musste an ihren vergangenen Streit denken. In seinem letzten Fernsehinterview hatte sich das Charisma der Helden als so glanzlos und muffig erwiesen, dass er ihnen die Antworten regelrecht soufflieren musste, um die Sendung zu retten. Wiebke hatte ihm daraufhin eine Szene gemacht und war später am Abend wortlos neben ihm eingeschlafen; er verstand ihre Kränkung nicht, es war doch seine Arbeit. Seitdem wurde Moritz das Gefühl nicht los, dass sie an allem, was er machte, etwas auszusetzen hatte.

Ein Spatzenschwarm ließ sich laut zwitschernd an der anderen Uferseite nieder. Er betrachtete Wiebke, die mit der Fährfrau lachte, und dann machte sie wieder ihr kleines Geräusch, als hätte sie Schluckauf. Er musste sich etwas einfallen lassen, dachte er, wenn er weiter mit ihr eine gemeinsame Zukunft haben wollte.

Als sie anlegten, schaukelte der Kahn, er nahm Wiebkes Hand, versuchte ein Lächeln und half ihr beim Aussteigen. Was wäre, dachte er, wenn er es einmal mit der Wahrheit versuchen würde. Aber wie sah sie aus, seine Wahrheit?

46

Amateure

Das seltsame Geräusch erinnerte sie an splitternde Eiszapfen. Wiebke stand am geöffneten Fenster ihrer kleinen Erdgeschosswohung und betrachtete versunken die schneebedeckte Straße. Es dauerte eine Weile, bis sie begriff, dass das Splittern und Knacken in ihrem Kopf war. Sie schloss das Fenster, und auf der Suche nach einem Aspirin trat sie barfuß auf herumliegende Zigarettenstummel. Sie fand in ihrer Kosmetiktasche eine halbe Tablette und spülte sie mit einem Glas Wasser hinunter. Wiebke hatte am gestrigen Abend ein Essen für ihre Freunde gegeben und bis in die frühen Morgenstunden geredet, getanzt und viel zu viel getrunken. Sie lauschte dem klopfenden Schmerz hinter ihrer Stirn, erinnerte sich an den Trubel der vergangenen Nacht. Irgendwer hatte eine Schallplatte mit Brechtliedern mitgebracht, gesungen von einer grandiosen Verrückten, sie hatten Wodka getrunken und laut lachend die Sterne vom Himmel geholt.

Im Morgenlicht kamen ihr die Räume verblichen vor, die Luft roch nach kaltem Zigarettenrauch. Sie machte sich daran, die Wohnung aufzuräumen, sie suchte die Flaschen und Gläser zusammen. Als sie die

Aschenbecher leerte, stieg eine leichte Übelkeit in ihr auf. Sie setzte sich aufs Sofa und las den Brief, den Moritz ihr geschrieben hatte.

Er schrieb ihr fast täglich, und sie war enttäuscht, wenn sein Brief einmal ausblieb. Seine Schrift erinnerte sie an ihre eigene; die Buchstaben sahen aus wie bei hohem Wellengang geschrieben. Inzwischen hatte sie sich an seine fürsorgliche Art gewöhnt, an sein nie nachlassendes Werben. In jedem seiner Briefe stand, dass er sie heiraten und Kinder mit ihr haben wollte. Aber bisher waren solche Gedanken nur schattige Flecke in ihrer Vorstellung gewesen.

Sie erinnerte sich an ihren heutigen Termin bei ihrer Frauenärztin und beschloss, ihn diesmal nicht abzusagen.

Wiebke nahm die Abkürzung über die Promenade am Fluss. Schneeflocken taumelten durch das frostige Dezemberlicht. Am Uferrand hockten Enten dicht aneinandergedrängt in einem Wasserloch. Sie atmete die kühle reinigende Luft, der Schnee knirschte unter ihren Schritten. Die Äste und Zweige der Bäume waren mit winzigen Eiskristallen überzogen. Im Rohbau einer neuen Wohnanlage wärmten sich Obdachlose an einem Feuer, und als sie Wiebke erblickten, rief ihr einer etwas hinterher. Sie beschleunigte ihren Schritt, schneidende Kälte zog ihre Beine hoch, und erst als sie die Arztpraxis betrat, bemerkte sie, wie durchnässt ihre Kleidung war.

»Sie haben ein sehr schmales Becken«, bemerkte die Frauenärztin bei der Untersuchung. Wie meine Mutter, dachte Wiebke und spürte einen Schluckauf im Kehlkopf.

Während sie vom Stuhl kletterte, streifte die Ärztin die hauchdünnen Handschuhe ab. »Sie sind schwanger«, sagte sie.

Wiebke schloss die Augen und dachte, das muss ein Irrtum sein, sie hatte doch die Pille genommen.

»Das wollen wir uns mal genauer ansehen«, sagte die Ärztin und machte mit der Hand eine Geste, dass Wiebke sich auf die Liege legen solle. Die Ärztin setzte sich neben sie und verteilte ein durchsichtiges kaltes Gel auf ihrem Bauch. »Haben Sie nichts gemerkt?«, fragte sie und tätschelte ihre Hand.

»Ich hatte meine Regel«, erwiderte Wiebke, »ganz normal.«

»Ja, das passiert manchmal.« Während sie mit dem Scanner über Wiebkes Bauch fuhr, begleitete ihr Kopf mit einem leichten Zucken die Bewegungen ihrer Hand. »Da ist ja noch eins«, sagte sie und deutete auf den Monitor. »Hier sehen Sie, die kräftigen Herzen.«

Wiebke dachte, dass die Frauenärztin sie aus irgendeinem Grund nicht mochte, sie presste ihre Kiefer aufeinander, rührte sich nicht.

»Himmel, Sie sind mindestens im vierten Monat.« Die Ärztin starrte auf den Bildschirm, die Ader an ihrer Stirn straffte sich. »Und Sie haben wirklich nichts gespürt? Keine Morgenübelkeit? Kein Spannungsgefühl in den Brüsten?« Wiebke blieb reglos liegen.

»Haben Sie einen Mann?«, fragte sie und betrachtete Wiebke zum ersten Mal richtig, dann begann sie in den Patientenunterlagen zu blättern. »Ah, Sie sind Künstlerin, nicht gerade ein Brotberuf.« Die Ärztin sah wieder auf den Bildschirm und bewegte lautlos die Lippen. »Sie können aufstehen.« Dann lächelte sie ihr zu und schrieb etwas in die Unterlagen. »Sie sollten von jetzt an gesund essen, nicht rauchen, keinen Alkohol, Sie wissen schon.«

Die Tür ging auf, die Sprechstundenhilfe legte eine Patientenakte auf den Tisch und verschwand wieder.

Wiebke zog sich an, sie kam sich vor wie ein Kind am Ende eines Festes, erschöpft, aufgelöst und enttäuscht, weil alles vorbei war.

»Lassen Sie sich einen Termin für nächste Woche geben«, sagte die Ärztin, gab ihr die Hand und brachte sie zur Tür.

Schon im Fahrstuhl fühlte Wiebke eine bleierne Schwere, und plötzlich erschien ihr Moritz wie ein Seidenspinner, der seine Fäden mit biologischer Dringlichkeit um sie gewebt hatte. Nun konnte sie nicht mehr davonlaufen, dachte sie, und drückte auf den Fahrstuhlknopf.

Sie hatte sich bisher nicht vorstellen können, Mutter zu werden, obwohl die beharrliche Zuneigung, mit der Moritz um sie warb, ihr ein Gefühl von Sicherheit gab. Ihre früheren Beziehungen hatte sie eher wie Katastrophen erlebt, Katastrophen, in denen sie immer bereit war, alles hinzuschmeißen und davonzulaufen.

Bisher war ihre Arbeit für sie das Wichtigste gewesen, obwohl ihr oft die Konzentration dafür fehlte. Zwischen dem Anspruch, den sie an ihre Bilder stellte, und ihrem Können lag eine Schlucht, die ihr unüberbrückbar vorkam. Bei jedem Porträt, das sie malte, war der Schädel zu erahnen, Haut war nur Oberfläche, hinter der sich Muskeln, Sehnen und Knochen verbargen, und sie fand, dass ihre Bilder dennoch zu hübsch aussahen. Wenn es gar nicht mehr ging, trieb es sie nachts durch die Straßen, Bars und Kneipen. Im Morgengrauen kam sie nach Hause, betrunken und irritiert.

Sie fragte sich, wie das alles mit Kindern gehen sollte. Es könnte eine Chance sein, dachte sie, die exzessiven Ausbrüche hinter sich zu lassen. Moritz hatte ihr gesagt, dass er für sie alles sein wolle, Vater, Freund, Geliebter und Ehemann. Als er ihr erzählte, dass sein Vater früher Kampfpilot, seine Mutter in den sechziger Jahren Miss Germany gewesen war und der Bruder unter geheimnisvollen Umständen bei der NASA arbeitete, hatte sie sich nicht anmerken lassen, dass sie diese Geschichten für Erfindungen hielt. Aber es störte sie doch, dass er glaubte, sie wäre so naiv.

Sie versuchte sich ihre Zukunft auszumalen, und dachte, dass es richtig wäre, sich auf Moritz einzulassen, auf eine Familie.

Als sie das erste Mal in der neuen Wohnung war, versuchte sie, sich die Räume belebt vorzustellen, Babygeschrei, Topfgeklapper, leise Musik. Hinter dem Haus befand sich ein großer Garten, in dem Kletterrosen, mit Raureif überzogen, den Zaun umrankten.

Sie sah sich in ihrem zukünftigen Zimmer um, das Licht erschien ihr dunkel, und sie konnte sich nicht entscheiden, wo die Staffelei stehen sollte. Ihr Blick aus dem Fenster fiel auf ein Krankenhaus, daneben ein kleiner ummauerter Park.

Dort ging sie in den nächsten Wochen spazieren und beobachtete die Mütter mit ihren Kindern. Danach lief sie trotz der Kälte lange ziellos durch die Straßen, holte Moritz von der Arbeit ab, ging mit ihm essen oder ins Kino.

Seitdem sie zusammenwohnten, konnte Wiebke über das Geld von Moritz mitverfügen. Anfänglich ging sie sparsam und bedacht damit um, aber schon bald verfiel sie in einen Kaufrausch. Wiebke entdeckte die Freude am Geldausgeben. Sie konnte an keinem Geschäft mehr vorbeigehen, und täglich kehrte sie mit vollen Einkaufstüten nach Hause zurück. Das meiste waren Lebensmittel und Delikatessen, die kleine Speisekammer war schon bald überfüllt.

Einmal fragte Moritz scherzhaft, ob sie Vorräte für den nächsten Krieg horten wolle. Sonst sagte er nichts zu ihren Eskapaden, es schien ihr sogar, als wäre er zufrieden, dass sie sich zu beschäftigen wusste.

Wie eine Krankheit, die sich über Nacht in ihr eingenistet hatte, war der kolossale Hunger über sie gekommen. Mit einem Hungergefühl stand sie auf, plünderte schon zum Frühstück die Speisekammer, aß Schinken aus Apulien, Schafskäse mit Haselnusspuder und Olivenkrustenbrote. Nur wenn sie aß, kam sie zur Ruhe. Aber der Hunger wollte einfach nicht aufhören. Sie kaufte sich etliche Kochbücher und Zeitschriften, begann selbst zu kochen. Sie verfeinerte die Speisen immer weiter, und am Abend erwartete sie Moritz an einem mit immer neuen Köstlichkeiten gedeckten Tisch. Einmal fragte er Wiebke, ob sie ihn mit den feinen Leckerbissen mästen wolle? Einen Augenblick lang dachte sie, er meine die Frage ernst.

Die Standesbeamtin war ganz in Grün gekleidet, ihre Augen hinter der hellen Plastikbrille musterten Moritz. Wiebke fröstelte, die weiße Bluse ließ ein Stück ihres Bauches frei. Sie spürte, wie sich die feinen Härchen an ihrem Unterarm aufstellten. Sonnenlicht brach durch die großen Fenster, fiel auf das abgenutzte Leder der Stühle. Als sie die Heiratsurkunde unterschreiben sollte, fiel ihr plötzlich ihr neuer Name nicht mehr ein, und so setzte sie unleserlich ihren Mädchennamen unter das Dokument.

Feine Schneeflocken fielen aus dem betongrauen Himmel. Sie konnten sich nicht entscheiden, wie sie die nächsten Stunden verbringen wollten. Feierlichkeiten hatten sie nicht geplant. Ziellos liefen sie durch die Straßen, und als Moritz vorschlug, in den Zoo zu gehen, stimmte Wiebke erleichtert zu. In den bleifarben beleuchteten Gängen der Abteilung für Nachttiere waren sie die einzigen Besucher. Hinter den Scheiben trippelten dunkle, borstige Wesen lautlos durch verstaubte Büsche. Bei den Fledermäusen blieb Moritz stehen, er umarmte sie, begann ihren Hals zu küssen, flüsterte ihr etwas ins Ohr, seine Stimme klang rau. Wiebke schmiegte ihr Gesicht an die Scheibe, verharrte reglos und fühlte sich träge wie die Fledermäuse, die kopfüber von den Ästen hingen. Wiebke spürte seine Hände auf ihren Brüsten, auf ihren Schenkeln, ihr Körper gab plötzlich nach, und sie begann ohne Verlangen zu stöhnen, während Moritz mit hastig keuchendem Atem sich ganz im Rhythmus seiner Bewegungen verlor.

Auf der Straße war es kalt, der Wind blies kleine Schneewirbel durch die Luft, sie hielten sich an den Händen. Als sie an einer Telefonzelle vorbeikamen, sagte Moritz: »Ich ruf meine Eltern an«, und zog sie mit in die Kabine.

Moritz begrüßte seine Mutter fröhlich, und dann hörte Wiebke, wie er ihr im beiläufigen Ton mitteilte, dass er heute geheiratet habe.

»Doch, glaub es nur«, sagte Moritz, »die Braut steht neben mir.« Er reichte Wiebke den Hörer.

»Hallo«, sagte sie und kam sich albern vor.

Die Frau am anderen Ende der Leitung entgegnete: »Hallo? Ist das ein Scherz?«

Wiebke hörte sich atmen. »Ich freue mich«, sagte sie, dann wusste sie nicht weiter.

»Ich kann das nicht glauben«, sagte die Frauenstimme.

»Es stimmt«, sagte Wiebke, »wir haben heute geheiratet.«

Im Hörer blieb es still. Nur ein leises Rauschen verriet, dass noch nicht aufgelegt worden war. Wiebke drehte an der Telefonschnur, ihr Kiefer spannte sich. Sie drückte Moritz den Hörer in die Hand, verließ die Telefonzelle und beobachtete von draußen, wie er mit seinen Händen wild gestikulierte und die Stirn in Falten legte. Während er redete, starrte er in die treibenden Schneeflocken, warf ihr ab und an einen fragenden Blick zu, dann stellte er seinen Fuß in den Türspalt und fragte: »Geht es dir gut?« Aus irgendeinem Grund brüllte er es hinaus.

Es belustigte Wiebke, wie gewissenhaft Moritz sie auf den Besuch bei seinen Eltern vorbereitete. Er erklärte ihr die Abwesenheit seines Bruders und schlug dabei mit den Handballen aufs Lenkrad, sie solle seine Eltern auf keinen Fall auf dessen Arbeit bei der NASA ansprechen, sagte er, während Wiebke ihren Blick auf die Fahrbahn gerichtet hielt und sich eine große Scheibe gebratener Leber vorstellte. Sie war im neunten Monat und immer noch sehr hungrig.

Als Moritz ihr sagte, dass sein Vater wahrscheinlich an Alzheimer erkrankt war, hätte sie ihm am liebsten klargemacht, dass sie längst wusste, dass seine Mutter nicht ständig weiße Kleider trug, sie hatte es schon immer geahnt, dass Moritz seine merkwürdigen Geschichten für sie erfand. Wiebke stellte den Sitz weiter zurück, schloss die Augen, dachte an die neuen Ultraschallbilder, auf denen die Embryos genau zu erkennen waren, ein Junge und ein Mädchen, die sich in einem Wasserballett in der Fruchtblase eingerichtet hatten.

Als er das Auto parkte, fiel ein leichter Regenschauer. Moritz blieb reglos sitzen.

»Ich muss mal«, sagte Wiebke.

»Wir sind spät dran«, sagte er abwesend, schließlich stieg er aus, schlug die Tür hinter sich zu und nahm ihre Hand. Seine Schritte waren unentschlossen, Wiebke spürte seine Unruhe. Der Mond hing bleich über einem Wald von Antennen. Vor einem kleinen Reihenhaus ließ er ihre Hand los.

»Da oben«, sagte er, »war mein Kinderzimmer.« Ein großer Baum verdeckte das Fenster, in seinen Ästen eine zerfetzte Plastiktüte, die, vom Wind bewegt, einem aufgeregten Vogel ähnelte.

Als er klingelte, wurde die Haustür sofort geöffnet, und eine ältere, zierliche Frau mit silbrigem Haarknoten erschien.

»Mama, sie muss dringend mal«, rief Moritz und

schob Wiebke durch die Tür. Als sie in der Toilette vor dem Spiegel stand, bemerkte sie, dass sie ihren Pullover versehentlich falsch herum angezogen hatte, aber es war ihr egal. Sie prüfte ihr regloses Gesicht im Spiegel, betrachtete sich lange wie eine Fremde, aber als Moritz klopfte, ließ sie sich wortlos von ihm in das Wohnzimmer führen. Seine Mutter gab ihr die Hand und starrte auf ihren Bauch. Dann sagte sie, wie sehr sie sich freue. Wiebke konnte eine gewisse Ähnlichkeit mit Moritz entdecken, die gleiche wohlgeformte Nase, schmale Lippen in einem blassen, sommersprossigen Gesicht. Der Vater erhob sich aus seinem Sessel, ein großer, schlaksiger Mann in einem formlosen Jackett, darunter ein verwaschenes Hemd, dessen Kragen ihm um den Hals schlackerte. Er lächelte matt, stand da, ohne etwas zu sagen, und Wiebke fragte sich, ob das mit seiner Krankheit vielleicht doch stimmte. Seine Augen wirkten halbblind hinter der Brille, als er auf sie zutrat und seinen Namen murmelte. Wiebke registrierte aus den Augenwinkeln den ungedeckten Tisch. Die Mutter gab Moritz ein Zeichen, dass er ihr in die Küche folgen solle. Wiebke setzte sich neben den Vater. Unvermittelt begann er sie über ihr Leben auszufragen. Sein Verstand ist völlig klar, dachte sie und war sich jetzt sicher, dass er nicht krank war. Sie hörte ihren Magen laut knurren, und als Moritz mit einem Tablett kam, sprang sie auf und griff sofort nach dem Glas mit den Salzstangen.

Während sie kaute, sah sie sich im Zimmer um. Die metallene Deckenlampe verteilte ihr Licht wie mit Nadelstichen, und sie fragte sich, warum an allen Wänden golden gerahmte Gemälde hingen, auf denen braune und schwarze abstrakte Muster zu sehen waren. Doch plötzlich spürte sie eine warme Flüssigkeit an ihren Beinen hinunterrinnen, hörte ihren eigenen Atem wie von einem Echo zurückgeworfen, und sagte zu Moritz, dass sie Hunger hätte, ob es ihm etwas ausmachen würde, ihr eine warme Mahlzeit zu bringen. Während die Eltern sie verblüfft anstarrten, stand Wiebke einen Augenblick reglos da und dachte, dass sie etwas tun sollte, aber sie wusste nicht was. Als der Schmerz einsetzte, sagte sie: »Es geht los.«

Wiebke schob den breiten Zwillingswagen durch die Straßen. Die Schreie ihrer Kinder übertönten alle anderen Geräusche. Das war also das Fleisch von ihrem Fleisch, dachte sie, und betrachtete Paul und Marie. Sie konnte sich nicht vorstellen, dass sie monatelang in ihr gewachsen waren, ernährt von ihrem Leib. Die Müdigkeit saß ihr wie harte Sandkörner in den Augenwinkeln. Sie war überrascht über das Ausmaß ihrer Entkräftung. Jeder ihrer Atemzüge schien auf ihre mütterliche Kompetenz ausgerichtet, etwas anderes gab es nicht mehr. In ihren bisherigen Vorstellungen vom Familienleben war diese Wirklichkeit nicht enthalten. Als die Zwillinge eingeschlafen waren, genoss sie die Stille und schob den Kinderwagen langsamer. In ihrem Kopf wirbelten die Gedanken umher. Die vielgerühmte Mutterliebe, dachte sie, setzte bei ihr nicht einfach ein, bloß weil sie diese Geschöpfe schmerzhaft aus sich herausgepresst hatte. Vielleicht war die angeblich gleich nach der Geburt einsetzende Liebe nur ein seit Jahrhunderten immer wieder erzählter Mythos. Für sie galt er jedenfalls nicht.

Die ganze Nacht hatte Paul wieder einmal geschrien, sie trug ihn stundenlang umher und wartete darauf, dass die Kinderarztpraxis endlich öffnete.

Im Wartezimmer des Arztes fragte sie sich, wie viel Zeit sie in den vergangenen Monaten hier schon verbracht hatte. Inzwischen schlief Paul, als hätte er nie etwas anderes getan, vielleicht war er gar nicht krank, sie beugte sich über ihn und spürte seinen zarten Atem an ihrer Wange.

Marie begann stets in den ersten Tagen der Genesung ihres Bruders zu kränkeln, spätestens dann würde sie wieder hier sitzen.

Wenn Moritz morgens die Tür hinter sich schloss, um in sein Büro zu fahren, atmete Wiebke auf, und gleichzeitig erschlaffte sie von Kopf bis Fuß. Seit der Geburt der Zwillinge unternahmen sie kaum noch etwas gemeinsam, selten gingen sie ins Kino oder in ein Restaurant, wo sie sich dann wortlos wie zwei essende Tote gegenübersaßen. Ab und an telefonierte Wiebke mit alten Freunden, aber schon nach wenigen Sätzen hatte sie ihnen nichts mehr zu sagen.

Sie kam sich vor wie eine Schlafwandlerin, und müde betrachtete sie im Wartezimmer die anderen Mütter, die ebenfalls erschöpft und übernächtigt aussahen. Sie ließ ihren Blick über die Kinderbilder an den Wänden gleiten, krakelige Zeichnungen, auf denen große Sonnenblumen, Menschen und Monster zu sehen waren.

Sie konnte sich nicht entsinnen, wann sie ihr letztes Bild gemalt hatte, und manchmal verspürte sie das Bedürfnis, alles stehen und liegen zu lassen und einfach irgendwohin zu verschwinden. Sie entsann sich, wie sie eines Nachmittags, als die Kinder schliefen, ins Kino gegangen war. Aber schon nach wenigen Minuten war Milch aus ihren Brüsten gesickert, und sie hatte das Kino wieder verlassen. Sie sah an sich hinunter, nie hatte sie sich vorstellen können, solche enormen Brüste zu besitzen. Wenigstens ihre mütterlichen Funktionen waren intakt, dachte sie. Wenn Moritz zu ihr ins Bett kam, atmete sie so unauffällig wie möglich und hoffte, dass er sie nicht berührte.

Der Arzt diagnostizierte bei Paul eine Mittelohrentzündung und verschrieb ein Antibiotikum. Auf der Straße wollte sie Moritz anrufen und ihm von dem Arztbesuch erzählen. Sie steckte eine Münze in den Schlitz, wählte seine Nummer, seine Sekretärin meldete sich, und Wiebke ließ ihn aus der Konferenz holen. Aber als er ans Telefon kam, hatte sie vergessen, was sie ihm sagen wollte.

Der Spätsommer war heiß und trocken. Wiebke lief unter der glühenden Sonne über die Brücke, der Verkehr rollte wie eine einzige große Welle an ihr vorbei. Seit Paul und Marie in der Kinderkrippe waren, hatte sie sich angewöhnt zu joggen, und sie lief bis an die Grenze ihrer Erschöpfung. Als eine Sirene in der Ferne ertönte, blieb sie stehen, atmete tief durch und dachte an ihre Kinder. Sie machte sich beim geringsten Anlass Sorgen, dass ihnen etwas zustoßen könnte. Möwen schrien über ihr. Sie dachte an ihre neuen Zeichnungen. Sie hatte Füße gemalt, Füße von alten Frauen und Männern, Kinderfüße, Füße von Akrobaten, ihre eigenen Füße. Wiebke fragte sich, ob sie schrullig und sonderbar geworden war. Sie entsann sich, wie Moritz kürzlich von ihrem Hobby gesprochen hatte.

Vor der Bushaltestelle blieb sie stehen, riss die Arme hoch und atmete tief durch. Vielleicht hatte Moritz recht, dachte sie, und sie war nur eine Hobbykünstlerin, die malte, um sich den Anschein von Selbstbestimmung zu geben. Sie stieg in den Bus und setzte sich ans Fenster.

Als Wiebke die Küche betrat, hing ein Essiggeruch in der Luft, sie öffnete die Fenster, altmodische Sprossenfenster, die sie nie richtig sauber bekam, und beobachtete eine Elster, die im Garten auf dem ungepflegten Rasen umherhüpfte. Wiebke hatte sich noch im Frühling mit großer Begeisterung auf die Gartenarbeit gestürzt, aber dann bald die Lust daran verloren. Inzwischen waren die Himbeerbüsche eingegangen, die Kräuter verdorrt und die Rosen mit Mehltau überzogen.

Als sie am Nachmittag die Kinder abholte, fühlte sie sich müde und angespannt. Wie immer greinte Marie, und Paul dämmerte vor sich hin. Während ihrer kurzen Lebenszeit hatte Marie schon einen störrischen Willen entwickelt, wogegen ihr Bruder den schläfrigen Blick auf die Welt bevorzugte. Wiebke schwitzte, ihr T-Shirt klebte an den Schulterblättern. Wenn sie den Spielplatz betrat, ließ sie den immergleichen Film in ihrem Kopf ablaufen, mit einer einzigen langen Maschinengewehrsalve streckte sie Eltern und Kinder nieder, dann begrüßte sie lächelnd die ihr bekannten Mütter und folgte den Zwillingen zum Sandkasten. Dort setzte sie sich auf den Holzrand und formte Kuchen aus Sand, einen nach dem anderen.

Als sie abends nach einem langen Bad den Schrank öffnete, flatterten ihr Motten entgegen. Im Schein der Deckenlampe sah sie ein besonders dickes Exemplar umherirren. Sie zog ihren Lieblingspullover hervor, hielt ihn gegen das Licht und entdeckte, dass er völlig durchlöchert war. Auch die anderen Pullover lösten sich förmlich unter ihren Händen auf.

Noch in der Nacht skizzierte sie ein Bild mit wild verlaufenden Linien, tiefen Kratern und Schluchten, aus denen silbrige Motten und Falter emporstiegen. Ihr Puls raste, sie sah, wie in den Nachbarhäusern das Licht gelöscht wurde. Irgendwann kam Moritz nach

Hause und sagte, dass sein Bruder am Nachmittag bei einem Flugzeugabsturz ums Leben gekommen sei. Er stand hinter ihr, und sie wartete eine Weile, bis sie sich zu ihm umdrehte.

Das letzte Versprechen

Georg spürte den kalten Lauf des Revolvers an seinem Gaumen, hörte, wie der kleine Hammer einmal wirkungslos aufschlug. Erschöpft saß er auf dem Küchenstuhl, den Revolver in der Hand, saß da, bis das Denken wieder einsetzte. Während er seine Waffe prüfte, begann eine innere Stimme ihn an seine Versprechen zu erinnern – Versprechen, die er einzulösen gedachte, für den Fall, dass er nicht mehr leben wollte. Der Wasserhahn über der Spüle tropfte, er hatte keine Lust, ihn reparieren zu lassen. Er hatte auf gar nichts mehr Lust. Georg wusste nicht mehr, wann er sich seine Versprechen gegeben hatte. Die Erinnerung daran verschmolz mit der an Filme und Comedy-Serien. Da gab es diese pathetischen Szenen, ehe sich einer ins Jenseits beförderte, musste er eine ihm verhasste Person verprügeln oder die Bewohner eines Altersheims befreien und mit ihnen eine Bank überfallen.

Georg befühlte seinen Gaumen, spürte noch immer den Abdruck des Revolverlaufs. Er legte die Waffe auf den Küchentisch, und zwischen zwei Atemzügen erschienen ihm seine Versprechen plötzlich als eine Möglichkeit. Minuten später verwarf er diesen Gedan-

ken wieder und starrte aus dem Fenster. Ein Niesel-
schauer und die Vorahnung von Sommer erfüllten die
Nacht. Er mochte den Frühling nicht, mit seinen Erwartungen, die wie Seifenblasen in der Luft zerplatz-
ten. Früher hatten ihn Übergänge immer begeistert,
der Wechsel der Jahreszeiten, die Dämmerung, das
Nachlassen von Schmerz, die letzten Sekunden vor einem Gewitter, das Hinübergleiten in den Schlaf und
das Aufwachen.

Er hatte die ersten grauen Haare an der Schläfe entdeckt, spürte sein Gewicht mit jedem Schritt, er war
jetzt Anfang Dreißig und wog siebenundneunzig Kilo.
Er hatte die letzten Nächte absichtlich nicht geschla-
fen, aber die Müdigkeit war nur schmerzhaft gewesen
und hinderte ihn jetzt daran, klar zu denken und noch
einmal abzudrücken, sauber und ohne Selbstmitleid.
Den genauen Wortlaut seiner Versprechen hatte er vergessen, aber er wollte sich einen Hund anschaffen, einen Bauernhof, einmal um die Welt reisen, sich an seinem Sportlehrer rächen, einen Banküberfall begehen,
mehr fiel ihm im Augenblick nicht ein.

Er saß bis zum Morgengrauen in der Küche, hörte
Schritte im Hof, die Stimme eines Betrunkenen. Georg wollte eigentlich gar nichts mehr, auch das Sterben war ihm zu anstrengend geworden.

Er wollte auch keine Bank ausrauben, fühlte sich
gar nicht in der Lage dazu. Sprach ein verzweifelter
Starrsinn aus ihm, als er beschloss, es dennoch zu
tun? Er hatte im Augenblick nichts anderes als dieses

66

Versprechen, und er sagte sich, dass er froh darüber sein sollte.

Er ging durch die Wohnung und suchte nach etwas Essbarem, er hatte seit Tagen nicht eingekauft. In einem Schubfach fand er einen schwarzen Nylonstrumpf. Sein letztes Treffen mit einer Frau lag lange zurück, danach musste er sich eingestehen, dass ihn das weibliche Geschlecht, dieses feuchte Durcheinander zwischen den Schenkeln, noch nie wirklich erregt hatte. Georg zog sich den Strumpf über den Kopf, seine Wimpern stießen durch den Stoff. Er atmete laut mit geöffnetem Mund, zog den Strumpf wieder herunter und begann sämtliche Schubfächer zu durchsuchen; im Besteckkasten fand er eine Sonnenbrille und setzte sie auf.

Vom Taxifahrer ließ sich Georg an der nächsten Hauptstraße absetzen. Er entdeckte eine kleine Sparkassenfiliale, die ihm für sein Vorhaben geeignet erschien. Er trug eine leere Reisetasche, und es kam ihm in den Sinn, dass er mitten in der Erfüllung seines Versprechens erschossen werden könnte. Er musste lachen, immerhin wäre er dann in Ausübung seiner Pflicht gestorben.

Als er die Bank betrat, spürte er einen Schweißtropfen seinen Nacken hinunterrinnen, schnell wie ein Pfeil. Für einen Moment sah er sich selbst, ein Sonderling mit blässlichem Gesicht, ein Staubwesen, dem niemand einen zweiten Blick schenken wollte. Er ging zum Schalter, seine Stimme versagte. Die

Kassiererin sah ihn an und wiederholte geduldig ihre Frage, wie sie ihm behilflich sein könne.

»Sie wissen wohl nicht, wer ich bin«, sagte er. Dieser Satz war ihm einfach so herausgerutscht.

Die Frau betrachtete ihn, als wüsste sie beim besten Willen nicht, was er von ihr wollte.

Er sagte, dass sie das Geld herausrücken solle, aber selbst da betrachtete sie ihn noch verständnislos. Erst als er den Revolver auf ihr Gesicht richtete, begriff sie, und ohne die Waffe aus den Augen zu lassen, öffnete sie das Schubfach und nahm das Geld heraus. Schweigend schob sie es ihm zu, und er ließ es sofort in seiner Reisetasche verschwinden. Es wurden immer mehr Scheine, und erst da wurde ihm klar, dass es kein Zurück mehr gab. Die Frau sah nicht ängstlich aus, und einmal berührten sich ihre Hände. Schließlich schob sie ihm den letzten Packen Scheine entgegen, kniff die Augen zusammen und musterte ihn. Er hatte den Eindruck, als sei sie durchaus zufrieden mit dieser Situation und wartete auf den nächsten seiner Befehle. Sah er da eine spöttische Loyalität in ihrem Blick? War sie ihm ähnlich, ein Staubwesen wie er?

Auf der Straße trug er seine Tasche mit leichtem Schritt, erstaunt, wie einfach alles war.

Anschließend breitete er die Geldscheine auf dem Küchenboden aus und zählte, es waren achtundzwanzigtausend Mark. Er wollte das ganze Geschehen noch einmal in seiner Vorstellung ablaufen lassen, aber die Geschichte blieb ihm merkwürdig fremd, als hätte sie nichts mit ihm zu tun.

Eines seiner Versprechen war eine Reise gewesen, und während er im Flugzeug nach Teneriffa saß, machte er den nächsten Haken auf seiner imaginären Liste.

Spät in der Nacht kam er in sein Hotel, und als er das Zimmer betrat, war er enttäuscht, scharlachrote Plüschsessel, die Nachttischlampe mit einem Coca-Cola-Schirm, und an der Wand ein kitschiges Seegemälde. Die Klimaanlage dröhnte, und im Nebenzimmer sang ein Kind in einer ihm unverständlichen Sprache. Die Wände mussten sehr dünn sein, denn er konnte auch die Zischlaute einer Frau hören.

Am Morgen herrschte großer Andrang in der Frühstückshalle. Er setzte sich zu einem Ehepaar aus Österreich. Später sonnte er sich am Meer, inmitten alter Paare, die mit einer Entschiedenheit aufs Meer starrten, als würde sich zwischen den Schaumkronen ihr Schicksal entscheiden. Ab und an tauschten sie belanglose Sätze aus, cremten sich gegenseitig ihre Körper ein, verspeisten Proviantvorräte aus großen, bunten Plastikbehältern. Die Sonne glühte vom Himmel, der Strand war schattenlos, die Plätze unter den Sonnenschirmen alle besetzt. Er schaute aufs Meer und nickte irgendwann ein. In seinem Traum drapierte ihn ein Grillmeister auf einen Liegestuhl, wendete seinen Körper mit einer großen Gabel, ließ ihn langsam schrumpfen, bis er schließlich wie der Aschekegel einer Zigarette in alle Winde verstreut wurde. Der Grillmeister hatte einen durchtrainierten Körper, und sein Geschlecht zeichnete sich deutlich unter seinen eng anliegenden Shorts ab. Georg erwachte mit einem Gefühl von Übelkeit, er wusste einen Moment lang nicht, wo er sich befand. Der Strand war menschenleer, überall lag Abfall herum, leere Schachteln, Flaschen, Zeitschriften. In seinem Kopf pochte es dumpf. Warum war er hier? Das Meer lag träge vor ihm, und während er versuchte, sich in seinem Liegestuhl aufzusetzen, spürte er einen brennenden Schmerz auf der Haut. Schweißperlen standen auf seiner Stirn, krebsrot leuchteten seine Füße ihm entgegen.

Er ertrug die mitleidigen Blicke, als er ins Hotel kam, und ließ sich die Adresse eines Arztes geben. Mit einem Antibiotikum, Salben und Schmerztabletten kehrte er zurück in sein Zimmer. Er verließ das Bett nur, um auf die Toilette zu gehen und die Eisbeutel auszutauschen. Trotz seiner Schwäche entschied er sich am nächsten Mittag, durch die Altstadt von Santa Cruz zu gehen. Er beobachtete die Menschen auf den Straßen, Touristen und Zugewanderte, die ganze Jahreszeiten hier verbrachten. In den nächsten Tagen fuhr er mit dem grünen Linienbus über die Insel, nahm an einer Walbeobachtung teil, sah im Loropark die größte Papageiensammlung der Welt und lief stundenlang die Küstenstraßen entlang, die von Hotelketten und mehrstöckigen Apartmenthäusern gesäumt waren. Großzügig verteilte er sein Kleingeld an Bettler, ließ sich in einem entlegenen Barbiergeschäft das Haar schneiden, ruhte im Schatten der Eukalyptusbäume, kaufte sich einen neuen Anzug und wurde sogar zur Hochzeit des Barbiersohns eingeladen. Aber warum konnte er sich niemals wirklich amüsieren?

Gegen Ende seiner Reise verspürte er kaum noch das Bedürfnis das Hotel zu verlassen, und selbst die Mahlzeiten nahm er inzwischen in seinem Zimmer ein. Am Tag des Abflugs inspizierte er in den frühen Morgenstunden sein Gesicht im Spiegel. Die Haut auf der Nase löste sich in großen Fetzen, seine gebleckten Zähne waren mit einem Rotweinschimmer überzogen. Er nahm sein Glas und prostete seinem Spiegelbild zu. In seinen Ohren schwang ein leichtes Dröhnen, er spürte, dass er die Luft anhielt, und plötzlich wusste er, dass er seinen Atem immer flach gehalten hatte, sein ganzes Leben lang.

Auf dem Rückflug saß er inmitten einer Schar Touristen, die ihre Blicke nicht von der Stewardess nehmen konnten, und auch Georg konnte sich ihrer außergewöhnlichen Schönheit nicht entziehen. Er versuchte sich vorzustellen, wie sich ihre Haut unter der Kleidung anfühlte, aber es gelang ihm nicht. Schräg vor ihm saß ein junges Paar, das Mädchen hatte eine weiße Papierblüte im Haar, der junge Mann blies ihr durch den dunklen Haarschopf, und die Blüte bewegte sich. Die beiden sahen glücklich aus, fand Georg. Er betrachtete die Wolken und sah ein Gesicht aus seiner Jugend vor sich. Ein vertrautes Lächeln entblößte kleine, weiße Zähne, und er entsann sich der scheuen Euphorie nach jenem ersten Kuss, und dann die Hilflosigkeit, Berührungen im Dunkel des Treppenhauses.

Er streckte die Beine aus und betrachtete den jungen Mann neben dem Mädchen mit der Papierblüte im Haar. Er konnte seine Augen nicht von ihm lassen, und das Gesicht verschmolz mit dem des Jungen aus seiner Jugend. Er sah die Silhouette des Jungen in einem hellen, klaren Gegenlicht neben sich, sie hielten einander an den Händen, kamen sich ganz nah. Er fühlte, wie ihn eine Welle von Freude durchfuhr, die Sonne warf Blitzlichter durch die Wolkenwand, er berührte mit der Nase fast die Scheibe, stellte sich vor, in Shorts und Sandalen durch einen Frühlingssturm zu laufen. Sein Brustkorb dehnte sich, er bestellte bei der Stewardess ein Glas Sekt und hatte das Gefühl, schon jetzt zu wanken, aber dann bemerkte er ein Rütteln unter seinen Füßen, es folgten die lauten Aufschreie der Fluggäste. Über die Bordlautsprecher sprach der Kapitän von starken Turbulenzen, die Sauerstoffmasken fielen aus der Kabinendecke. Die Luft um ihn erzitterte, etwas in ihm nahm wahr, wie die Landeklappen ausgefahren wurden. Er fühlte das Absacken der Angst in die Magengrube. Er versuchte, sich seiner uneingelösten Versprechen zu erinnern, versuchte durch die Zähne zu pfeifen, sah durch das Fenster, saugte das Weiß der Wolken in sich auf. In der stetig dünner werdenden Luft hörte er sich einen Namen flüstern. Pawel, flüsterte er, Pawel.

Ein sehr dummer Einfall

Er konnte sie nicht mehr riechen. Nichts, was mit ihr zu tun hatte. Den Mief ihrer Kleider und den Geruch, der ihrer Handtasche entströmte, genauso wenig wie den Zitronengestank, wenn sie das Bad verließ, oder den maroden Fliederduft ihres Parfüms – von dem er sich nicht vorstellen konnte, ihn jemals als angenehm empfunden zu haben. Ihr Körper aber schien im Laufe der Jahre geruchlos geworden zu sein, und er dachte, wenn das Nichts einen Geruch hätte, so wäre es der Geruch des Körpers seiner Frau.

Im September würden sie fünfzig Jahre verheiratet sein. Weit weg hörte er seine Frau leise ein Lied summen. In seiner Gegenwart summte sie selten. Sie wussten beide, dass sie nicht singen konnte. Zum Glück nahm sie sich schon seit langem so weit zurück, dass er sie nicht mehr wahrnehmen musste – wenn da nicht diese Zwischenfälle gewesen wären.

Als er sich mit seiner Zeitung in den Sessel setzen wollte, entdeckte er ihre Aquarelle an der Wand über dem Sofa. Entsetzen durchdrang ihn wie ein Stromstoß, er schloss die Augen, und als er wieder hinsah, hingen sie immer noch da. Er biss die Zähne zusammen, schließlich war er der Künstler. In den letzten Jahren hatte sich die Kreativität seiner Frau auf das Gestalten von Geburtstagskarten beschränkt. Als sie an ihrem ersten Aquarell saß, hatte er ihr Getusche belustigt aus der Ferne betrachtet. Im Berufsleben hatte er früher Muster für Tapeten und Tischdecken entworfen, hatte Preise gewonnen, war eine Kapazität auf seinem Gebiet.

Nach seiner Pensionierung waren ihm die Gemälde nur so von der Hand gegangen, unzählige seiner Werke stapelten sich auf dem Dachboden und im Keller, gerahmt bedeckten sie die Wände, nur den Platz über dem Sofa hatte er noch frei gelassen. Ein wirklich bedeutsames Gemälde sollte dort einmal hängen, etwas, das nicht nur dem Leben nachempfunden war.

Und nun war der Platz über dem Sofa besetzt. Die tristen Farben der Aquarelle seiner Frau verschmolzen mit dem Tapetenmuster an der Wand. Bei genauerem Hinsehen entpuppten sich ihre Bilder als kümmerliche Landschaften, das Licht verschwommen wie aus einem Lampenschirm, mattierte Wolken, verwischte bunte Flecke, die wohl Blumen oder Schmetterlinge darstellen sollten. Kein klarer Strich, nur ineinanderlaufende Emotionen. Er schnaubte verächtlich. Doch vermutlich würde sie bei ihrem neuen Hobby nicht lange durchhalten. Was hatte sie schon alles begonnen, um es kurz darauf wieder aufzugeben.

Als ihre Söhne noch klein waren, hatte sie eine Zeit-

lang die durchsichtigen Papiere gesammelt, die um
Apfelsinen gewickelt waren. Sie hatte sie manchmal
hervorgeholt und den beiden gezeigt, als wären sie
Wunder was. Später besuchte sie einen Kunsthand-
werkskurs und behängte sich mit selbstgemachten Ohr-
ringen und Halsketten, dann begann sie zu lesen und
verbrachte ganze Tage in der Stadtbücherei. Abends
hockte sie angespannt in ihrem alten Sessel, las in ihrem Buch und schien nichts anderes mehr wahrzunehmen. Aus irgendeinem Grund blätterte sie die Seiten
immer sehr geräuschvoll um und stieß während des Le-
sens kleine Seufzer aus. Wenn ihm dies zu sehr auf die
Nerven ging, begann er sich zu räuspern oder laut
Selbstgespräche zu führen. Er spürte dann, wie sie inne-
hielt, und eine Weile war es totenstill.

Ausgerechnet sie sprach bei einem Amateurtheater
für die Rolle der Klytämnestra vor und wurde tatsächlich genommen. Dabei war nicht der Funke einer
Schauspielerin in ihr. Nein, sie hatte keine Begabung
für kreative Dinge. In seinen Augen benahm sie sich
wie eine dieser ewig frustrierten Hausfrauen, die auf
dramatische Weise ausbrechen wollten.

Nach dem Theaterfiasko hatte sie im Frühjahr einen Englischkurs besucht. Schon im Sommer gab sie
ihn wieder auf. Und nun also Aquarelle. Er hatte das
Gefühl, durch ihr Eindringen in seine Welt gedemü-
tigt zu werden. Sie erschien ihm aufsässig, summte immer häufiger laut in seiner Gegenwart und verstummte auch dann nicht, wenn er streng auf ihren

Mund sah; ihr Gesumm erschien ihm wie ein Störgeräusch im Radio.

Sie hatte sich einen weißen Morgenmantel gekauft, und er fragte sich, woher sie das Geld dafür hatte. Sie verließ nachmittags das Haus, ohne ihm Mitteilung zu machen. Nachts hatte sie sich angewöhnt, ihre Schnarchgeräusche trompetenhaft auszustoßen, und sie hatte neuerdings so eine Art, ihn anzusehen, die ihn rasend machte, und er hielt die Luft an, wenn er sie beim Essen laut kauen hörte. Warum trug sie diese orangefarbene Brille, fragte er sich, und warum waren sie überhaupt noch zusammen?

Sie hatte tatsächlich eines ihrer dilettantisch getuschten Aquarelle verkauft. Als sie es ihm erzählte, wechselte er sofort das Thema und ließ sich über den etwas verwahrlosten Haushalt aus. Sie solle ihre Zeit nicht so nutzlos vertun, sagte er, und im übrigen ihren Magen untersuchen lassen, sie rieche aus dem Mund.

Er hielt sein Verhalten keinesfalls für sadistisch, er musste einfach sagen, was er dachte. Das war sein Wesen, seine Persönlichkeit, und er war schließlich ihr Mann.

Als sie am Küchentisch saß und frühstückte, betrachtete er sie mit gerunzelten Brauen. Sie trug einen blauen Hut, eine Art Hütchen, und er fand, dass sie töricht aussah. Er dachte, dass sie eine Vorstellung gab und ihre neue, vom Glück begünstigte Egomanie zur Schau stellen wollte. Sie schnitt ihren Apfel noch

78

immer in kleine Schnitze, und ihr Mund bewegte sich beim Kauen wie der einer Feldmaus. Er starrte auf ihren mageren Körper und sagte sich, dass sie sich besser mehr um ihre Gesundheit kümmern solle.

Am Nachmittag verließ sie mit einem großen, flachen Karton unter dem Arm das Haus. Seine Frau hatte ein neues Hobby, das seine kreativen Kräfte lähmte. Ihre gemeinsamen Bekannten würden ihn künftig anders ansehen.

Er trat auf die Terrasse, die Luft war gewitterschwer. Er ging in seinen Arbeitsraum im Souterrain und öffnete die Fenster. Stunde um Stunde verbrachte er hier an seinem Rückzugsort, und oft saß er einfach nur stumm da und dachte an nichts.

Heute trug er die Staffelei nach oben und stellte sie im Wohnzimmer auf. Er rückte Tisch und Stühle zur Seite, legte Zeitungspapier über den Teppich, stellte eine neue Leinwand auf die Staffelei, ordnete Farben und Pinsel und begann zu malen. Er verteilte die Farben mit großer Geschwindigkeit, spürte mit jedem Pinselstrich eine wachsende Befriedigung in sich aufsteigen, nahm nichts mehr wahr, nicht einmal den Regen, der gegen die Fensterscheibe prasselte.

Er wusste nicht, wie spät es war, als seine Frau zur Tür hereinkam. Sie ging durchnässt an ihm vorbei, das blaue Hütchen verrutscht, und einen Augenblick lang empfand er ein sanftes Mitgefühl. »Erstaunlich«, sagte er, »dieser Wetterumschwung.«

Während sie ihn von oben bis unten abfällig betrachtete, bemerkte er, dass sein Hemd, seine Hose, sogar die Schuhe mit Farbe besprenkelt waren.

Als sie in die Küche ging, stellte er sich vor seine Leinwand und horchte. Die Kühlschranktür wurde geöffnet, Teller klapperten, und plötzlich ergriff ihn Angst vor den nächsten Minuten, den nächsten Stunden, Angst vor all dem, was noch kommen würde. Er versuchte, sein Bild mit ihren Augen zu sehen, doch er konnte nichts erkennen, nur wild aufgetragene Farben.

Am nächsten Morgen begegnete er seiner Leinwand mit feierlichem Schwung, zur Steigerung des Ausdrucks setzte er ebenholzschwarze und zinnoberrote Tupfer. Das frühe Morgenlicht blendete ihn, erfüllte das Wohnzimmer mit einem Strahlen, Pinselstrich um Pinselstrich markierte die Leinwand. Irgendwann trat er zurück und versuchte sich zu erinnern, was er eigentlich ausdrücken wollte. Noch während er grübelte, betrat seine Frau im neuen Morgenmantel das Zimmer. Er hob den Handrücken an die Stirn. »Guten Morgen«, sagte er. Sie erwiderte seinen Gruß mit einem Lächeln. »Kommst du frühstücken?«, fragte sie. Ihre Haare waren in ein Handtuch gewickelt; es sah aus, als käme sie gerade aus der Dusche.

Als sie in der Küche den Stuhl unter dem Tisch hervorzog, nahm er einen Geruch wahr, der in winzigen Wellen durch den Raum zu strömen schien. Er schraubte das Marmeladenglas auf, es stieg ihm das vertraute Erdbeeraroma in die Nase. Neben dem Frühstücksgedeck lagen bunte Autoprospekte ausgebreitet. Er sah zu seiner Frau. Sie hatte ihm offenbar eine Frage gestellt und schien auf seine Antwort zu warten. Er aber versuchte nur herauszufinden, woher der Geruch kam. Er fragte sich, ob sie eine neue Seife benutzte und beugte sich über den Tisch. Sie hielt einen Prospekt hoch, deutete mit dem Finger auf einen roten Fiat. Er glaubte den Geruch von Druckerschwärze zu erkennen, und es dauerte eine Weile, bis er begriff, dass sie ein neues Auto kaufen wollte, und dann fragte sie, welchen Farbton er bevorzugen würde. Sie hatte also noch mehr Aquarelle verkauft. Als sie ihn fragte, ob er sie zu ihrer ersten Ausstellung begleiten wolle, spürte er einen Schmerz in der Schläfe, und er befürchtete, den Kaffee zu verschütten. Er betrachtete seine Frau lange und durchdringend. Seine Stimme zitterte, als er endlich sagte: »Das ist ein sehr dummer Einfall.« Sie schien einen Moment lang zu überdenken, was er damit meinte, doch dann kaute sie selbstzufrieden weiter an ihrem Brötchen.

Wenig später verabschiedete sie sich. Sie trug über ihren Schultern einen wildgemusterten Schal, ihr Haar war pechschwarz gefärbt und roch nach Chemie. War das ihre Vorstellung von einer Künstlerin? Eine verkleidete Frau? Als sie aus der Haustür trat, schickte er ihr ein spöttisches Pfeifen hinterher.

Eine unbestimmte Erregung stieg in ihm auf, er stellte sich vor, wie er die Ausstellung seiner Frau besuchte, verwarf diesen Gedanken gleich wieder.

Gleißendes Morgenlicht gab dem Wohnzimmer Tiefe, ließ die Möbel scharfkantig leuchten. Er stand wie betäubt vor seiner Leinwand. Sein Blick fiel auf ihre Aquarelle über dem Sofa. Kornblumenblau, Zitronengelb, Mohnrot – was für ein farbenreicher Höhenflug. Seine Mundwinkel zuckten, er rückte das Sofa zur Seite, nahm Wasser, Lappen und Pinsel. Zuerst begann er, mit dem feuchten Lappen das Kornblumenblau aus dem Bild zu wischen, bis nur noch ein bläulicher Schatten blieb. Dann fing er an, den Hintergrund des anderen Aquarells auszudünnen. Das Ergebnis gefiel ihm nicht. Er holte sich ihre Farben, fügte kleine, kaum sichtbare Veränderungen hinzu. Hier setzte er einen winzigen Schneehügel wie einen Klecks Kälte neben ihre Mohnblumen, dort malte er vertrocknete Zweige zu einem bunten Sommerstrauß und legte den Kadaver einer Maus in einen goldenen Torbogen. Er begutachtete die Aquarelle. Durch seine Korrekturen, fand er, bekamen sie einen bedrohlichen Glanz; wenn sie es sah, würde ihr ein Sturm entgegenwehen.

Er spürte Schweißtropfen seinen Nacken hinunterrinnen, ihm war heiß. Er entledigte sich des Hemdes, malte mit nacktem Oberkörper weiter. Dann warf er den Kopf zurück, betrachtete sein Werk und dachte, es war gut. Die Bilder stimmten, sie berührten ihn. Ein Gefühl von Leichtigkeit stellte sich ein. Er hatte ihr Labyrinth betreten und sich nicht darin verirrt. Er blähte triumphierend seine Nasenflügel, lief durch die Wohnung und lachte laut. Doch dann bemerkte er wieder den irritierenden Geruch. Er erkannte jetzt ein vertrautes Gemisch aus Öl, Leim und Harz. Er betrat ihr Zimmer, das er seit Wochen gemieden hatte, und hinter den Duftschwaden ihres Fliederparfüms erkannte er den Geruch seiner Ölfarben.

Der Neffe aus Tölz

Katharina schloss die Tür zum Hundezwinger und ging in den Garten, während die Golden Retriever hinter ihr her kläfften. Ihr Bellen klang wehmütig, die Hunde wollten ins Warme. Es waren kaum sieben Grad draußen, aber Steffen war dagegen, sie vor dem Winter ins Haus zu lassen. Seit zwei Jahren betrieb Katharina die kleine Hundezucht; es ging ihr nicht ums Geld, sie fühlte sich geborgen, wenn sie mit ihren Tieren zusammen war.

Während das Tageslicht langsam verblasste, hockte sich Katharina zwischen die Rosenbeete und zupfte Unkraut aus der Erde. Ihr Blick fiel auf die erleuchteten Fenster ihres Hauses. Das Licht strahlte Wärme aus, dachte sie, und sie fragte sich, warum ihr die großen Räume in dem sorgfältig restaurierten Gründerzeithaus oft so unbewohnt vorkamen. Sie wusste, dass Steffen hinter dem oberen Fenster am Computer saß und eine Zigarette nach der anderen rauchte. Sie konnte sich einfach nicht an die lauten Maschinengewehrsalven gewöhnen, mit denen er Düsenjäger und Kampfbomber vom Himmel holte.

Als sie das Haus betrat, begannen die Hunde wieder zu bellen, und sie fühlte, wie sich ihre Schultern verhärteten. Steffen hatte eine Hundeallergie, schon ihr Geruch ließ seine Nebenhöhlen zuschwellen, und auch auf Katzen und Vögel reagierte sein Immunsystem verrückt.

Unter der Dusche lauschte sie dem Prasseln der Wassertropfen, das gleichmäßige Geräusch trennte sie allmählich von der Wirklichkeit.

An diesem Abend waren sie zu einem Empfang eingeladen. Ein Freund von Steffen wollte den Tag der Deutschen Einheit mit besonderen Menschen feiern, so stand es jedenfalls auf der Einladung. Katharina machte sich nichts aus solchen Festivitäten. Zur Feier ihres siebten Hochzeitstages hatte sie schon Wochen vorher das Menü geplant, die Blumen bestellt, aber dann lag Steffen mit Fieber und Husten im Bett, und sie musste ihren Freunden kurzfristig absagen. Nur Steffens Sohn Michael aus erster Ehe war gekommen. Er steckte mitten in der Pubertät und interessierte sich nur für Computerspiele. Sie hatte gerade eine Totgeburt hinter sich und musste akzeptieren, dass sie kinderlos bleiben würde.

Steffen hatte die gutgehende Zahnarztpraxis seiner Eltern übernommen, und wenn er abends die Wohnung betrat, ging er meist sofort in sein Zimmer. Katharina beschäftigte sich tagsüber mit den Hunden oder arbeitete im Garten. Manchmal ließ sie sich auch treiben, lag stundenlang auf dem Sofa, bis ein dumpfer Druck in der Bauchgegend ihr die Luft nahm.

Als sie die Dusche abstellte, hörte sie durch das ge-
öffnete Fenster ein Rascheln im Garten, als würde ein
Blumenstrauß aus Klarsichtfolie gewickelt. Sie würden nachher bei einem Blumenladen anhalten müssen,
dachte sie, um der Frau des Hauses einen Strauß Li-
lien zu kaufen. Steffens Sprechstundenhilfe hatte sie
am Nachmittag angerufen und über die botanischen
Vorlieben der Gastgeberin unterrichtet. Während sie
sich schminkte, rief sie laut nach Steffen, es war Zeit,
sich fertig zu machen. Als sie in sein Zimmer trat, saß
er noch immer gebannt vor dem Computer.

Auf der Fahrt über die Stadtautobahn starrte sie auf
den Mond, der durch den Wolkenvorhang so aussah,
als sei er staubig. Jemand sollte ihn putzen, dachte sie
und lächelte.

»Was ist so lustig?«, fragte Steffen und blickte sie
lange an, ohne auf die Fahrbahn zu achten.

Sie antwortete nicht. Aus dem Radio ertönten
Klänge von Mozart. Steffen klopfte mit den Fingern
auf das Lenkrad. »Ich will heute nicht lange bleiben«,
sagte er.

»Kennst du die anderen Gäste?«, fragte Katharina.
»Keine Ahnung«, sagte er und setzte zu einem Über-
holmanöver an. Sie versuchte sich nicht anmerken zu
lassen, dass die hohe Geschwindigkeit ihr Angst machte. »Warum gehen wir dann überhaupt hin?« Katharina wusste, dass ihn diese Frage ärgern würde.
»Willst du aussteigen?«, fragte er und nahm die Aus-
fahrt, ohne den Fuß vom Gaspedal zu nehmen.

Steffen parkte das Auto gegenüber einer kleinen Kirche. Dann hielt er ihr seine neue Brille hin. »Putzen«, sagte er. Sie zuckte herausfordernd mit den Schultern, spuckte auf die Brillengläser und rieb sie mit ihrer Kostümjacke blank. Die Gläser waren aus Fensterglas, Steffen trug die Brille nur, um intellektueller auszusehen.

Eine grüne Thujahecke umschloss den vorbildlich gemähten Rasen, auf dem Dach wehte die Deutschlandfahne. Katharina warf Steffen einen komplizenhaften Blick zu, doch er sah lächelnd der Hausherrin entgegen, die an der Tür wartete. Sie begrüßte ihn überschwänglich, und eine weißgekleidete Frau, in deren Haar ein schwarz-rot-goldenes Häubchen steckte, nahm ihnen die Mäntel ab. Katharina musste an eine Krankenschwester denken und übergab der Frau mit den Mänteln den Blumenstrauß. Steffen wurde vom Gastgeber mit einem Schulterklopfen begrüßt. Die Dame des Hauses führte Katharina ins Wohnzimmer, wo einige Paare vor dem Kamin standen. Katharina nahm ein Sektglas, wechselte ein paar Worte mit der Gastgeberin, die sich mit einem strengen Lächeln über die Anwohnerparkplätze ausließ. Es interessierte Katharina nicht, was ihr die Frau erzählte, aber sie war mit der Zeit in der Kunst der Verstellung recht passabel geworden. In jeder Ecke lehnten Deutschlandfahnen in kupfernen Schirmständern. Neben ihr wurde über eine Theaterpremiere geredet. Ein Gast in einer kanariengelben

Weste hob sein Glas und bezeichnete sich selbst als einen Freund der Oper, und sie sah Steffen an der Tür mit einem Pfeife rauchenden bekannten Soziologieprofessor diskutieren. Der Hausherr klopfte mit einem Löffel an sein Glas und erklärte, wie froh er über die Anwesenheit seiner Gäste sei. Er sprach über die Helden der Wiedervereinigung, lobte die Verschwisterung von Ost und West und endete mit einem dreifachen Hoch auf den Bundeskanzler.

Katharina fiel eine kleine alte Dame auf, die flüsternd an die Decke schaute, wo ein riesiger Kronleuchter hing. Sie trug ein Kleid, dem längst Mottenstaub anhaftete, ein Stehbündchen umschloss ihren kurzen Hals, aber es war der gestrickte Kinderschal, der wirklich auffiel. Sie trat auf ihren Füßen hin und her, was Katharina an das Getrippel einer Maus erinnerte, und sagte dabei immer wieder laut: »Mein Neffe aus Tölz, auf den möchte ich trinken.« Die anderen Gäste verstummten. Ein kahlköpfiger Mann ging einen Schritt auf die kleine Dame zu, schnalzte mehrmals mit den Fingern vor ihrem Gesicht, als wolle er sie aufwecken, aber sie sprach unbeirrt weiter. Erst als sich ihr Daumen in den Maschen des Kinderschals verhakte, kam sie kurz aus dem Takt. Die anderen Gäste setzten ihre Gespräche fort, aber Katharina spürte deutlich, wie sie lauschten, ihre Wahrnehmung blieb ganz auf die kleine Dame ausgerichtet. Der kahlköpfige Mann versuchte, ihre erneut einsetzende Endlosschleife zu unterbrechen, indem er in die Hände klatschte. Er erinnerte Katharina an einen riesigen Vogel, sein Kopf war vorgeneigt, der Rücken steif, die Schultern gekrümmt, und während er mit dem Zeigefinger jetzt immer wieder auf seinen Mund klopfte, hörte sie ihn sagen: »So geht das nicht, meine Liebe.« Die kleine Dame aber dachte gar nicht daran, sich zu benehmen. Sie wandte sich von ihm ab und mischte sich unter die anderen Gäste.

Als wäre nichts geschehen, folgten alle der Aufforderung der Gastgeberin, sich zu Tisch zu begeben. Katharina fand ihren Platz zwischen dem Soziologieprofessor und einem Unbekannten, der sich als Direktor eines Elitegymnasiums vorstellte. Sie hörte Steffen am Tisch des Gastgebers lachen, sein Jackett hatte er ausgezogen, die Hemdsärmel hochgekrempelt. Die kleine Frau setzte sich ihr gegenüber und betrachtete mit einem schiefen Lächeln ihre Hände. Das Personal servierte ein klares Süppchen und füllte die Gläser nach. Der Soziologieprofessor, der streng nach Kölnisch Wasser roch, begann atemlos, auf Katharina einzureden. Schon nach seinen ersten Sätzen hörte sie nicht mehr zu, er erzählte von irgendwelchen Institutsintrigen, und sie fragte sich, ob er sie überhaupt wahrnahm oder vielleicht mit seiner Frau verwechselte. Als die Suppenteller abgeräumt wurden, erklärte die Gastgeberin stolz, dass der Koch auch den Kanzler beliefere, und nach einem kurzen Beifall wurde der Saumagen serviert. Katharina nahm ein paar Bissen aus Höflichkeit, dann prostete sie der kleinen Frau zu.

Das Dessert bestand aus Petits Fours, in den Landes-
farben glasiert.

Als die Tischordnung sich lockerte, sah Katharina
ihren Mann im Nebenzimmer vor dem Kamin, er redete mit jungenhafter Munterkeit auf einen weißhaarigen Mann ein, in der Hand eine Zigarre. Mitten in
einem Satz des Soziologieprofessors erhob sie sich,
nahm ihr Glas und stellte sich zu Steffen, der gerade
beteuerte, wie sehr er jegliche Manipulation verachte-
te, schon das Benutzen von Parfüm sei fragwürdig. Erstaunt horchte Katharina auf, solche Überlegungen
hatte sie von ihm noch nie gehört.

»Aber warum schenkst du mir dann Parfüm?«, unterbrach sie ihn. Steffen schien sie erst jetzt wahrzunehmen, stellte sie kurz vor. Der weißhaarige Herr
reichte ihr die Hand. Katharina wiederholte ihre Frage.

»Ja, warum wohl«, sagte Steffen beiläufig, entließ
sie dann aber mit einem Blick, der seinen Tonfall de-
mentierte. Katharina starrte auf das Glas in ihrer
Hand, leerte es in einem Zug.

Steffen widmete sich wieder dem weißhaarigen
Herrn. »Warum schenkst du mir zum Geburtstag Parfüm?«, unterbrach ihn Katharina erneut. Sie fühlte
ihre Wangen heiß werden, ihre Mimik starr und leblos,
dann kicherte sie los, als wäre ihre Frage ein Witz gewesen, und entfernte sich. Katharina bahnte sich einen Weg durch das Gedränge, beteiligte sich an einem
Gespräch mit zwei jüngeren Männern über das Essen,

zündete sich eine Zigarette an. Der Soziologieprofessor, ganz in seinem endlosen Redefluss auf den Gymnasialdirektor fixiert, stieß ihr mit einer ausladenden Geste das Glas aus der Hand. Als sie versuchte, die Glassplitter aufzusammeln, vernahm sie die Stimmen überdeutlich im Raum. Sie verschwand auf die Toilette, ließ kaltes Wasser auf ihre Handgelenke prasseln, betrachtete im Spiegel ihre weißen, makellosen Zähne und die dunklen Schatten unter den Augen. Sie sah irgendwie erschöpft aus, dachte sie, und zog eine Grimasse. In ihrer Tasche suchte sie nach einer Aspirin, entdeckte in einem Seitenfach ein kleines Tütchen mit Gras. Sie entsann sich nicht, wann sie das letzte Mal geraucht hatte. Sie baute sich einen Joint, inhalierte tief, hielt den Rauch lange in der Lunge, ehe sie ihn langsam aus dem Mund schweben ließ.

Als sie das Wohnzimmer betrat, fühlte sie sich angenehm schläfrig. Sie ging zu der kleinen Frau, die vor dem Fenster stand und in die Dunkelheit starrte.

»Was ist mit Ihrem Neffen aus Tölz?« fragte sie.

Die kleine Gestalt neben ihr schwieg. Vielleicht war sie taub, dachte Katharina. Sie empfand plötzlich ein Mitgefühl, nahm ihre Hand, hob sie an die Lippen und küsste sie.

»Alle sind tot«, sagte die kleine Frau.

Katharina suchte ihren Blick.

»Nehmen Sie die Garbo! Tot! Was hat sie von ihrem Ruhm? Oder der Brahms? Mausetot! Was hat er jetzt von seinen *Vier ernsten Gesängen*? Sie können sonst was auf seinem Grab pfeifen, er hört sie nicht, sie können ein ganzes Orchester aufstellen, nichts würde zu ihm dringen.« Die Frau verstummte.

Katharina ließ langsam ihre Hand sinken.

»Kennedy, die Monroe, alle tot«, fuhr sie nach einer Weile fort, dann presste sie ihre Lippen zusammen, als wollte sie nichts mehr sagen.

»Was ist mit Ihrem Neffen?«, wiederholte Katharina ihre Frage leise. Doch die kleine Frau antwortete nicht, sie fiel in einen leisen Singsang. Katharina spürte ihre Zunge schwer werden, als könne sie keine Worte mehr formen, sie wandte sich ab, stellte sich vor, durch den Raum zu fliegen. Hoch wollte sie, hoch zu dem funkelnden Kronleuchter, dessen Lichter wie auf einer spiegelnden Wasserfläche tanzten, sie reckte die Hände nach oben, versuchte, das helle Glitzern zu erreichen.

Aus den Augenwinkeln sah sie einen Mann schnell auf sich zukommen, und es dauerte eine Weile, bis sie begriff, dass es Steffen war. Da entsann sie sich, dass sie ihn schon die ganze Zeit etwas fragen wollte, aber sie kam einfach nicht dahinter, was es war, was sie überhaupt von ihm wollte.

Große Ferien

Der Heimweg zog sich hin, es war heiß, mindestens siebenunddreißig Grad im Schatten. Das Schneidegras, so nannte Michael die scharfen, hohen Halme, hinterließ feine Schnitte an seinen Waden. Heute war der letzte Schultag. Er kam gerade vom Basketball, wegen der Hitze hatten sie das Spiel vorzeitig beendet. Er kniff die Augen zusammen und starrte so lange in die Sonne, bis ein gleißendes, zuckendes Geflimmer hinter seinen Lidern entstand.

Michael starb fast vor Durst, als er an der Reklametafel vorbeikam, die eine trinkende Frau zeigte. Seine Schultern und Arme schmerzten, in seinem Rucksack befanden sich die Bücher des gesamten Schuljahres.

Neben ihrem Haus, einem Reihenhäuschen an einer der großen Ausfallstraßen der Stadt, lag ein Stück verwildertes Brachland ohne Zaun; früher hatte er sich oft vorgestellt, dass dort Gespenster ihr Unwesen trieben.

Er schloss leise die Haustür auf, ließ im Flur den Rucksack zu Boden gleiten. In der Küche öffnete er so lautlos wie möglich den Kühlschrank, setzte eine kalte Flasche Cola an und trank.

»Na so was, du bist ja schon da.« Die erstaunte Stimme seiner Mutter erklang hinter ihm. Er hatte es wieder nicht geschafft, sich an ihr vorbei in sein Zimmer zu schleichen.

»Hab keinen Hunger.«

Er drehte sich zu ihr, ohne sie anzusehen. »Wirklich«, sagte er.

»Jeder Mensch muss essen, auch du, mein Herzchen.« Ihr Tonfall gab ihm zu verstehen, dass sie ihn niemals ohne Essen in sein Zimmer entlassen würde.

Er mochte es nicht, wenn seine Mutter ihn Herzchen nannte. Mit seinen vierzehn Jahren war er schon einsneunundachtzig groß, wog aber nur siebenundvierzig Kilo. Er setzte sich an den Küchentisch, beugte sich nach unten und kratzte die Schnitte an seinen Waden.

»Kratz nicht so«, sagte seine Mutter, »nimm den Mückenstift.«

Er versuchte ihr gar nicht erst zu erklären, dass es keine Mückenstiche waren.

Seine Mutter war schwanger, sie trug das Ergebnis einer leidenschaftlichen Nacht im Bauch, das jedenfalls waren ihre Worte gewesen, als sie mit einer Freundin telefonierte. Gerd, der trockene Alkoholiker und letzter Favorit auf den Stiefvaterposten, hatte sich sofort verkrümelt, als er von seinem Vaterglück erfuhr.

Beim Essen starrte Michael zum Fenster, ohne die draußen vorbeidonnernden Laster zu sehen. Das Fensterglas vibrierte. Seine Mutter erzählte ihm gerade eine Episode aus ihrer Lieblingsserie, und ihre Stimme klang zärtlich und gefühlvoll. Er hatte keine Ahnung, worüber sie sprach, eigentlich wollte er nur in sein Zimmer.

»Ich hab's vorausgesehen«, beendete sie ihren Monolog, »aber manche begreifen nie, wenn was vorbei ist.«

Er hätte sie fragen können, was vorbei sein sollte, aber die wenigen Fragen, die er ihr stellte, beschränkten sich auf einfache Dinge: ob sie mit ihm nach Adlershof fuhr, um mit ihm bei Burger King zu essen, oder wann er endlich neue Sportschuhe bekam. Sie fuhr immer mit ihm zu Burger King, weil sie auf diese Weise aus dem Haus kam, und das war seit einiger Zeit das Wichtigste für sie.

Er wusste nicht mehr genau, wann das alles begonnen hatte. Anfangs hatte er sich nichts dabei gedacht, als sie ihn immer beim Einkauf dabei haben wollte. Sie könne allein nicht soviel Zeug schleppen, hatte sie erklärt, aber dann sollte er auch mit zum Friseur, in die Gärtnerei, zu ihrer Frauenärztin. Sie ins Schwimmbad zu begleiten war ihm unglaublich peinlich gewesen, seine Freunde hatten gesehen, wie er ihr den Rücken eincremte, und nicht nur das, sie hatte geweint, und ihre Schminke war verlaufen.

»Gehst du noch mal raus?« Seine Mutter fuhr mit ihrer Hand über seinen Kopf, den er schnell wegzog.

»Keine Ahnung, vielleicht ins Kino.« Er stand auf und brachte den Teller zur Spüle.

Seine Mutter öffnete das Fenster und schloss es gleich wieder.

»Wahnsinn«, sagte sie, »was für eine mörderische Hitze.«

Auf der Rückseite ihres Rockes sah er einen Fleck. Michael überlegte, ob er es ihr sagen sollte. Er ging in sein Zimmer, fuhr den Computer hoch, hörte durch die Wand ein albernes Kichern und dann die Stimme seiner Mutter, die mit einem verächtlichen Schnauben die Fernsehszenen laut kommentierte. Sie bekam kaum noch Besuch von ihren Freundinnen, und wenn sie nicht fernsah, putzte und kochte sie. Dabei summte sie irgendwelche Lieder aus ihrer Jugend, führte Selbstgespräche und überlegte sich wahrscheinlich, wohin er sie wieder begleiten sollte.

Natürlich würde sie das neu eröffnete Delikatessengeschäft auch ohne ihn finden. Aber seine Mutter brauchte ihn, weil sie eine Phobie hatte. Erst vor wenigen Wochen hatte er eine Sendung über Phobien gesehen. Angst vor Spinnen gab es, vor Dunkelheit, vor Hühnern, Männern, Frauen, es gab sogar die Angst, dass Erdnussbutter am Gaumen kleben bleibt, oder die Angst vor Deutschland, die sogenannte Germanophobie – er hatte darüber gelacht, bis ihm mehr oder weniger das Lachen im Hals stecken geblieben war: Seine Mutter hatte Angst, das Haus allein zu verlassen.

Seine Eltern waren schon lange geschieden, seinen Vater sah er selten. Vor gut einem Jahr hatte er ihn und seine neue Frau besucht, seitdem hatte es nur ein paar Telefongespräche gegeben, mit den immer gleichen Fragen nach seinen Schulnoten und dem Wetter. Bei seinem letzten Besuch hatte Michael durch Zufall eine leidenschaftliche Seite seines Vaters kennengelernt. Er hatte ihn frühmorgens vor einem Computerspiel überrascht, und sein Vater hatte die Augen kein einziges Mal vom Bildschirm genommen, auch nicht, als er ihm das Spiel erklärte, das Michael seit langem kannte. Auf einem Phantasiekontinent bekriegten sich in immer neuen Formationen gegnerische Mächte. Es war ein Onlinespiel, und gegen eine monatliche Gebühr konnte jeder mitspielen. In einem kurzen euphorischen Anfall hatte sein Vater ihm sogar seinen Spielernamen verraten, Aton, danach hatte er wieder auf den Bildschirm gestarrt, als würde sich ihm dort eine nur für ihn entschlüsselbare Botschaft offenbaren. Michael war von dieser Begeisterung verwirrt. Glaubte sein Vater etwa an das, was er da vor sich sah? Aber was wusste er schon über seinen Vater. Er hatte keine Ahnung, was in seinem Kopf vor sich ging. Seine eigene Figur bei diesem Spiel hieß Blizzard, aber das sagte er ihm nicht. Beim Abschied hatte ihn sein Vater vor diesem Spiel gewarnt, dort sei alles gefährlich und nicht kontrollierbar.

Sein Vater saß jeden Abend gegen acht vor dem

Computer; das wusste Michael, denn er beobachtete auf seinem Bildschirm, wie Aton täglich um diese Zeit versuchte, das Spiel aufzumischen. Sein Vater war kein souveräner Spieler, überhaupt nicht der Ausgebuffte, für den er sich hielt. Er unterschätzte häufig die Gefahr und war durchschaubar in seinen Täuschungsmanövern.

Im Augenblick bevorzugte Michael allerdings den Flugsimulator, flog von Peking nach Moskau, landete auf der kleinsten Insel des südlichen Pazifik oder machte einen Abstecher nach Mallorca, wo er früher einmal mit seiner Mutter die Sommerferien verbracht hatte. Er befand sich mit seiner Cessna gerade im Landeanflug, als ihn die Stimme seiner Mutter zum Abendessen rief.

Sie hatte den Tisch im Wohnzimmer gedeckt, weil nun die Ferien begannen. Der Fernseher lief ohne Ton. Der Tisch war überfüllt mit Opfergaben, die ihn, wie er spürte, besänftigen sollten, gebratene Hühnerflügel, Pommes, eine Schüssel Krautsalat, sie hatte sich offensichtlich große Mühe gegeben. Er mochte es nicht, wenn sie sich Mühe gab.

»Schmeckt die Mayonnaise, Herzchen?«, fragte sie.

Er nickte und versuchte sich so zu drehen, dass er sah, was im Fernseher lief.

»Katastrophenkram«, sagte seine Mutter dazu.

»Gehst du heute noch ins Kino?«, fragte sie.

»Keine Ahnung.« Sein Tonfall deutete an, dass er

die Antwort am liebsten offenlassen würde, bis ans Ende ihrer Tage.

»Was läuft denn?« Sie blickte über seinen Kopf hinweg an die Wand hinter ihm.

Er zuckte mit den Schultern, dann versuchte er laut zu rülpsen, indem er immer wieder Luft verschluckte, aber er brachte nur einmal einen vollen Sound zustande.

Sie wiederholte die Frage, und ihre Stimme klang jetzt angestrengt und irgendwie gefährlich.

»Ich weiß es nicht«, sagte er, während er den Bildschirm fixierte.

»O mein Gott, hab ich Lust auf eine Zigarette«, sagte sie und stand auf. Sie öffnete das Fenster und sah kurz hinaus. Dann setzte sie sich wieder und fächelte sich mit der Fernsehzeitung Luft zu.

»Wollen wir spazieren gehen?« Sie kaute auf ihrer Unterlippe herum und versuchte ein Lächeln.

Es war erstaunlich, wie schnell sie umschwenken und wieder freundlich sein konnte.

»Es ist doch schön draußen, was meinst du?«

Jeder Satz schien ihrem Gefühlsnetz unterworfen, wie sollte er da bloß einen Durchblick haben.

Ja, sagte er kapitulierend, von mir aus, er war fertig mit dem Abend.

Sie räumte den Tisch ab, während er auf den Bildschirm starrte und mit seinen Fingernägeln wieder über die leicht verschorften Schnitte an seinen Waden kratzte. Sie summte vor sich hin, als wäre sie endlich aus der Spannung entlassen, in der sie sich seit dem frühen Morgen befand.

»Von mir aus können wir«, sagte sie, nahm die Strickjacke vom Sofa, legte sie aber gleich wieder hin. »Ist viel zu warm«, kicherte sie spöttisch und sah ihn an.

Michael schloss die Augen, und einen Augenblick lang stellte er sich vor, wie er in einem Kampfjet über ihr Haus flog und einen Bombenhagel darauf niedergehen ließ.

»Michael, hörst du mich?« Ihre Stimme klang, als bedürfe sie seines Schutzes.

Es war noch hell und heiß auf der Straße. Die Sonne stand tief am klaren Himmel, und ein klammer Fischgeruch lag in der Luft. Seine Mutter trug eine Handtasche, die sie sich kürzlich auf dem Flohmarkt gekauft hatte, ein Krokoimitat. Sie kamen an der Schule vorbei und an dem riesigen Supermarkt, auf dessen Parkplatz immer noch Autos und geschäftige Menschen mit vollgestopften Plastiktüten zu sehen waren. Neben dem Krankenhaus lag das stillgelegte Armeegelände, wo er oft mit seinen Freunden nach Schulschluss zwischen verrosteten Eisenbetten und Spinden herumgespielt hatte. Im letzten Herbst hatten sie dort eine Bombe aus dem Zweiten Weltkrieg entdeckt und eine Riesenaufregung verursacht; in den Zeitungen waren sogar Fotos von ihnen zu sehen gewesen.

»Dort werde ich bald sein«, sagte seine Mutter und

deutete auf die Fenster des Krankenhauses. »Wenn alles gut geht, in genau«, sie nahm die Finger zu Hilfe und zählte: »in genau vierzehn Tagen.«

»Wird schon alles gut gehen«, sagte er, »du wirst es überleben.«

»Von Sterben hab ich nicht gesprochen«, sagte sie mit flachem Atem. »Du bist manchmal so…«

»So sensibel?«, vervollständigte er ihren Satz.

In ihren Augen blitzte ein heiteres Funkeln auf, aus irgendeinem Grund freute sie sich über seine Entgegnung.

»Sensibel, ja, das ist richtig. Mein Herzchen, mein großer Beschützer, was würde ich ohne dich tun. Es ist manchmal nicht einfach mit mir, oder?«

Er musste sich nicht auf eine Antwort festlegen, zumal sie schon weitersprach. Sie beschrieb ihm schon wieder seine Geburt, das Horn an seinem Hinterkopf, weil er mit einer Saugglocke aus ihr herausgeholt werden musste, sein erster Schrei, der mit ihrem endlich nachlassenden Schmerz zusammenfiel.

Als sie am Alicante vorbeikamen, musste sie dringend auf die Toilette, und da sie nun schon hier waren, wollte sie sich auch gleich ein Gläschen genehmigen.

Michael setzte sich auf einen Hocker am Ende der Theke. Als sie wiederkam und umständlich neben ihm Platz nahm, wandte sie sich an den Barmann und bestellte eine Cola und ein kleines Glas Rioja.

»Die spanischen Weine sind einfach gut«, sagte sie und sah sich im Raum um. Ein paar Hocker weiter saß ein dicker Mann zwischen drei Frauen und lachte laut, die weißgedeckten Tische im Nebenraum waren unbesetzt.

»Schön hier, oder?« Im Spiegel hinter der Bar betrachtete sie sich mit zu Schlitzen verengten Augen, ihre Finger klopften im Takt der Salsa-Musik. Sie trank in kleinen Schlucken, bis ihr Glas leer war, und auf ihr Gesicht trat ein verträumter Ausdruck. Sie bestellte Salzstangen zu ihrem zweiten Rioja und noch eine Cola für ihn, mit extra klein gestoßenen Eiswürfeln, obwohl er nichts dergleichen geäußert hatte.

Irgendwann begann sie von ihrem letzten Liebhaber zu erzählen. Michael versuchte wegzuhören, ihre Worte auszublenden. Er sah ihre Iris dunkelblau werden, fast so dunkel wie ihre erweiterten Pupillen, in denen sich das letzte Tageslicht spiegelte, und er begann dort eine Luftschlacht auszutragen, in der die abstürzenden Kampfjets tiefe Krater hinterließen; die geplatzten Äderchen zogen sich über das gesamte Weiß ihrer Augen. Irgendwann schüttelte sie den Kopf, und er bemerkte ihr rotes Gesicht. Sie hustete und drehte ihm den Rücken zu, auf den er mit seinen Händen klopfte, bis sie sich beruhigte.

»Krümel in der Luftröhre«, japste sie und drehte sich wieder zu ihm. »Vielleicht interessiert es dich, dass ich gestern Abend mit deinem Papi telefoniert habe«, fuhr sie übergangslos fort. »Er ist auf einem seiner Zahnarztkongresse, diesmal in London. Der kommt ganz schön rum, könnte sich auch mal wieder um dich kümmern.«

»Er hat dich angerufen?«, fragte er.

»Ja, hab ich doch gesagt.« Sie gähnte und sah sich um.

»Und wann?«, fragte er.

»Weiß ich nicht mehr.« Sie zog die Schultern hoch, als hätte es keine Bedeutung, und summte vor sich hin.

»Gegen acht?«, fragte er.

»Kann sein, ja.« Sie sah ihn kurz an. »Warum fragst du?«

Er zuckte mit den Schultern, nahm sein Glas und versuchte mit den viel zu kleinen Eiswürfeln zu klirren.

Seine Mutter sprach immer noch von seinem »Papi«, was er noch schlimmer fand, als wenn sie ihn Herzchen nannte. Erst gestern hatte er seine Spielerfigur Blizzard an die seines Vaters geheftet und war ihr über unzählige Berge und gefährliche Schluchten gefolgt. Michael unterdrückte den Impuls, seiner Mutter zu sagen, dass die einzigen Orte, die sein Vater in letzter Zeit tatsächlich bereist hatte, auf keiner Weltkarte verzeichnet waren.

Seine Mutter summte jetzt lauter und wippte mit dem Fuß. Der Barmann stand jetzt bei dem dicken Mann und den drei Frauen.

»Zahlen«, rief sie laut durch den Raum.

Ohne auch nur den Blick zu heben, redete der Barmann weiter auf den dicken Mann ein. Seine Mutter schüttelte missbilligend den Kopf und verdrehte die

Augen. Schließlich gab sie Michael das Geld und sagte, sie müsse raus an die Luft.

Während Michael auf das Wechselgeld wartete, sah er seine Mutter draußen schwerfällig von einem Bein auf das andere hüpfen, die Arme um sich geschlungen, als wäre ihr kalt.

Als er schweigsam und mit schnellen Schritten neben ihr lief, sah sie aus, als wäre sie von ihrem Ausflug enttäuscht.

»Der Wein war doch nicht so gut«, bemerkte sie missvergnügt, als sie die Haustür aufschloss, »schmeckte irgendwie korkig.« Sie räusperte sich. »Ich könnte mich auf der Stelle übergeben.«

Sie schloss die Tür, lehnte sich dagegen und betrachtete ihn. »Ich trink dort nie wieder was«, sagte sie und zog die Stirn kraus. Dann ging sie ins Wohnzimmer, stellte den Fernseher an und legte sich auf das Sofa.

Michael nahm sich eine Flasche Cola mit in sein Zimmer, und als er ans Fenster trat, hing der Mond in der Farbe einer gefleckten Eierschale tief über den Dächern. Er fuhr den Computer hoch, wählte den Server und loggte sich ein. Dann tippte er den Spielernamen seines Vaters in die Kontaktliste und fand Aton am Rand einer Eiswüste. Er heftete Blizzard an Atons Fersen und schlitterte ihm auf einem Lichtstrahl hinterher, durch die unendlichen Weiten des Alls. Als er ihn im Regenwald vor einer Wurfschlinge rettete, drehte sich Aton nach ihm um, und auf dem Bildschirm erschien der dunkelrote Schriftzug: »Wer bist du?«

»Ein guter Spieler«, ließ Michael Blizzard antworten.

Aton entfernte sich, und der Augenblick ging vorüber, ohne dass Michael ihn genutzt hatte. Eigentlich wollte er seinem Vater etwas sagen, aber er wusste nicht was. Er sah aufmerksam auf den Bildschirm, sein Herz fühlte sich an, als würde es zerspringen. Aton wandte ihm den Rücken zu und entfernte sich durch einen Tunnel aus Licht. Mit einem erstickten Laut in der Kehle nahm ihn Michael ins Visier und schoss ihm mit Blizzards MG erst in die Beine, und als Aton sich umdrehte, zerfetzte er ihm mit mehreren Salven das Gesicht.

Als er sich schlafen legte, kreischten schon die ersten Vögel durch die weit geöffneten Fenster. Er liebte die Geräusche außerhalb des Hauses, den Nachhall der quietschenden Bremsen vor der Ampel, den Wind in den Bäumen, prasselnden Regen und Hundegebell.

Aber die Geräusche innerhalb des Hauses erfüllten ihn mit Unbehagen, sein eigener Atem, das Summen des Kühlschranks, die Schritte seiner Mutter auf den Dielen.

Beinahe ein Tag

Pawel verließ sein Haus, ohne zu wissen, wohin er gehen sollte. Er trug einen Anzug und ein weißes Hemd. Gerade hatte ein Bekannter aus Jugendtagen ihm beiläufig am Telefon von Georgs Tod erzählt, einem Flugzeugabsturz vor sechs Jahren.

Nach einem kurzen, heftigen Regenguss war der Himmel schon wieder blau und die Luft noch immer bleiern schwer vor Hitze. Pawel lockerte seine Krawatte und steckte sie in die Tasche seines Jacketts. Er blinzelte in das Sonnenlicht und glaubte, das Licht eines fernen Sterns am Himmel zu sehen.

Georg war seine erste Liebe gewesen. Als Kinder hatten sie ihre Tage gemeinsam zwischen Riedgras und Disteln verbracht; nach der Zeit der Chemiebaukästen, der Zaubertricks und Schwertkämpfe diskutierten sie mit erhitzten Gesichtern in verrauchten Kneipen, tranken Whisky, rauchten und kifften. Pawel erinnerte sich an Georgs hellgrüne Augen, sah die schlaksigen Beine vor sich und dann das Bild, wie sie sich küssten, kurz nur, aber leidenschaftlich. Pawel hatte nie die seltsam herbe Berührung ihrer Lippen vergessen, aber er meinte immer noch das Gefühl von

Scham zu spüren, als Georg ihn plötzlich mied, sogar die Straßenseite wechselte, wenn er ihm begegnete. Pawel war sich schmutzig vorgekommen, wie ein Aussätziger.

Inzwischen war er Ende Dreißig, verheiratet, ohne Kinder. Er hatte Georg seit der Jugendzeit nicht mehr gesehen, und als er vorhin von seinem Tod erfuhr, dachte er daran, sofort aus dem gerade abbezahlten Einfamilienhaus auszuziehen und seine Frau zu verlassen. Er wollte kein Grundstücksmakler mehr sein, nicht mehr an den Bowlingabenden seiner Kollegen teilnehmen, sich nie mehr für die Kinder seiner Freunde als Weihnachtsmann verkleiden. Aber dann fragte er sich, was er stattdessen tun sollte.

Er ging durch die flirrende Hitze, wischte sich mit einem Taschentuch über die Stirn. Seine Frau bestand auf Stofftaschentüchern, und sie hatte zudem die altmodische Angewohnheit, sie nach dem Waschen zu bügeln. Er erinnerte sich vage eines Termins – ein Haus mit Blick auf den Fluss. Noch am Abend zuvor hatte er sich einen Glückspilz genannt, dieses Luxusobjekt anbieten zu können, aber nun schien es ihm nur noch irgendein Haus zu sein.

Der Straßenlärm unter der Hitzeglocke setzte ihm zu, ein Ton kreiste in seinem Kopf, wie eine leise, störrische Klage. Er atmete tief durch und blieb vor einem blau erleuchteten Schaufenster stehen. Das Licht blendete ihn, und er glaubte, ein Ufo hinter der Scheibe zu sehen. Er las: »Schweben im Wasser – nur zwölf Euro.« Er betrat den Raum, und ein junger Mann mit dem Gesichtsausdruck eines Schlafwandlers begrüßte ihn lächelnd. Georg suchte in seinen Taschen nach Geld, zog sich hinter dem Paravant aus und stieg splitternackt in den riesigen eiförmigen Tank, der mit siebenhundert Litern körperwarmer Salzlösung gefüllt war. Die Klappe über ihm wurde geschlossen, und umgeben von Sphärenklängen und dem Gesang der Buckelwale fühlte er sich mit einem Mal gewichtslos, ein Ritter ohne Rüstung.

In seiner frühesten Erinnerung an Georg sah er ihn ein totes Kaninchen stundenlang durch die Gegend tragen, er hatte sich von dem Tier einfach nicht trennen können. Wie oft hatte Pawel sich in den letzten Jahren sein Gesicht vorgestellt und die Veränderungen durchgespielt, die aus einem Jungen einen Mann machten. Er hatte gehofft, ihm eines Tages unvermutet auf der Straße gegenüberzustehen. Er fühlte einen Schwindel in seinem Kopf und fragte sich, ob er sich je an diese entsetzliche Endgültigkeit gewöhnen würde, Georg nie mehr in die Augen sehen zu können, und erst langsam begriff er, dass er seine Worte schon lange an einen Toten gerichtet hatte. Sein Leben war auf merkwürdige Weise von Georg geprägt gewesen; hatte er ihn nicht immer und überall dabeihaben wollen? Noch in den fernsten Ländern, die er mit seiner Frau bereiste, hatte er sich vorgestellt, was Georg zu diesem Sonnenaufgang und jener rhythmischen Musik gesagt hätte. Und war seine Begeisterung nicht am größten, wenn er hoffen konnte, die schwerelose Dichte seines Traumbildes noch einmal zu durchbrechen?

Pawel horchte auf den Walgesang, hielt den Atem an und stellte sich die Frage, was seine Frau dazu sagen würde, dass er hier im Wasser lag und den Tod seines geliebten Freundes betrauerte. Er hatte plötzlich das Gefühl, als müsste er ersticken, er wollte schreien, doch seine Stimme versagte. Endlich löste sich etwas in seiner Kehle, und er rief den Namen seines Freundes. Die Sphärenklänge verstummten und die Klappe über ihm wurde geöffnet. Hinter seinen Augenlidern entstand ein Flimmern, als hätte er zu lange in die Sonne geschaut. Aber er hatte es nicht eilig, den Tank zu verlassen. Er blieb einfach liegen. Sein Kopf erschien ihm wie ein summender Bienenstock, er hatte nicht die geringste Vorstellung, wie es weitergehen sollte. Als er die Augen öffnete, traf ihn eine gleißende Helligkeit, und er glaubte sogar einen Engel zu sehen. Er blinzelte, als wollte er eine Sinnestäuschung vertreiben, dann aber erkannte er, dass der junge Mann ihm ein Handtuch reichte. Während Pawel sich abtrocknete, beobachtete er ihn aus den Augenwinkeln. Er kam ihm jetzt gar nicht mehr so jung vor, sein Haar war bereits schütter, die Augenwinkel von kleinen Falten umgeben, und um seinen Mund herum ein Anflug von Überdruss. Doch dann war er überrascht, wie sehr ihn die eigensinnige Form des Kopfes und der leichte Silberblick an Georg erinnerten.

Pawel fragte ihn nach seinem Namen. Er hieß Tobias, und er bestand darauf, Pawel zu einem Kaffee einzuladen. Tobias hängte ein Schild an die Tür, und sie verließen zusammen das Geschäft. Als sie nebeneinander durch die Straßen liefen, berührten sich ihre Finger, immer wieder, und Pawel nahm zum ersten Mal die Nacktheit seiner Hände wahr. Er wusste nicht, wie es geschah, aber die nächsten Stunden verbrachte er gemeinsam mit Tobias wie in Trance. Sie liebten sich wortlos wie zwei starke, ineinander verbissene Tiere, und am Ende hatte Pawel das Gefühl, sein Herz würde frei liegen.

Als die Nacht anbrach, stand er mit Tobias in einer hell erleuchteten Bar, und während er versuchte, bei dem Barmann Gin Tonic zu bestellen, war er von erhitzten Körpern umstellt, und er bemühte sich, seiner Stimme den unechten Klang zu nehmen. Als hätte er es eilig, kippte er eine eiswürfelklimpernde Mischung nach der anderen hinunter, und dann folgte er Tobias auf die Toilette. Seit Jahren hatte er keine Drogen mehr genommen. Zurück im Barraum schien der Boden unter ihm an Festigkeit zu verlieren, das zentrierte Licht der Deckenstrahler pulverisierte vor seinen Augen, er hörte sich laut lachen. Der Barkeeper trug ein glänzendes, enges Hemd, wirbelte den Shaker ausgelassen durch die Luft. An der Tür redete Tobias auf einen großen Jungen mit Schafaugen und langem Haar ein. Pawel nippte an seinem Cocktail, sah sich in den verspiegelten Wänden hundertfach vervielfältigt.

Die Geräusche um ihn herum hörten sich immer verzerrter an, und ihm war, als würde er hinter einer Glaswand posieren. Hastig hob er die Hand und forderte die Rechnung.

Draußen war der Morgen angebrochen. Es hatte sich abgekühlt, und ein regnerischer Wind blies Pawel ins Gesicht. Er schmeckte Staub auf seinen Lippen, Staub und Salz. An einem Imbissstand trank er einen Kaffee. Eine schmale Mondsichel hing zwischen den Bäumen. Vögel flogen kreischend über seinem Kopf. Leute gingen mit erschöpften Gesichtern an ihm vorbei. Von der nahen Autobahn drang ein dumpfes Brausen herüber. Als er sich auf den Heimweg machte, kam ihm aus dem S-Bahn-Schacht eine Gruppe angetrunkener Männer entgegen, vor einem Schuhgeschäft stocherte eine alte Frau in der Mülltonne. Es wurde rasch heller, und als Pawel vor seinem Haus stehen blieb, hatte er das Gefühl, ein kalter Luftzug würde durch seinen Körper fegen. Er kramte in den Taschen des Jacketts, suchte nach dem Schlüssel und zog seine zusammengeknüllte Krawatte hervor. Der Wind riss sie ihm aus der Hand, wehte sie ein Stück durch die Luft, bis sie an einem Rhododendronbusch hängen blieb. Pawel sah auf die Uhr. Achtzehn Stunden waren vergangen, seit er das Haus verlassen hatte – beinahe ein Tag.

Generalprobe

Bevor sie einschlief, stellte sie sich vor, tot zu sein. Sie dachte, dass dies eine gute Übung fürs Sterben sein könnte. Ihr war klar, dass sie nur improvisierte, doch sie wollte bereit sein und nicht vor Schrecken gebannt.

Dank dieser nächtlichen Übungen konnte sie besser einschlafen. Ihre Gefühle, die sie sonst gequält hatten, wurden zurückhaltender. Das Gewicht ihrer Glieder sackte in das Laken, ihr nervöser, flacher Atem wurde tief, die Traurigkeit verschwand, der Zorn löste sich. Stattdessen kamen ihr die Stimmen und Gerüche ihrer Kindheit in den Sinn. Ihre Kindheit war nicht besonders glücklich gewesen, aber von ihrem Wesen her hatte sie sich schon durch ihr reines Existieren privilegiert gefühlt.

Zwischen zwei Wimpernschlägen war sie aufgewachsen, hatte geheiratet, ihre beiden Söhne großgezogen, und nun wütete hinter ihrer achtzigjährigen Stirn ein Fragengewitter. Warum hatte sie all die Jahre wie eine Gelähmte verbracht, obwohl ihre Gliedmaßen beweglich und die Sauerstoffzufuhr im Gehirn nicht eingeschränkt waren? Die Antwort auf diese Frage gefiel ihr nicht. Sie erinnerte sich, dass sie auch früher schon darauf aus gewesen war, sich totzustellen; nach der Geburt ihres ersten Sohnes hatte sie versucht, ihre Organe, die Hormone, das Blut in einen reglosen Zustand zu versetzen, ihre Körpertemperatur abkühlen zu lassen, und das alles nur, um ihren Mann davon abzuhalten, sie wieder zu berühren – doch es hatte nicht funktioniert.

Sie betrachtete die Wanduhr, eine knallgelbe Sonne mit leuchtendem Zifferblatt, die ihr jüngerer Sohn im Werkunterricht gebastelt hatte. Wenn sie stehenblieb, brauchte sie nur die Batterien auszuwechseln, und das Ticken setzte wieder ein, auch als ihr Sohn längst tot war. Er war mit einem Flugzeug abgestürzt, kein Passagier hatte überlebt. Manchmal kam es ihr so vor, als wäre der Unfall erst gestern passiert – und sie wünschte sich, dass sich ihre Erinnerungen in etwas völlig anderes verkehrten.

Inzwischen war es kurz nach Mitternacht. Sie hustete und glaubte, Staub und Katzenhaar auf ihrer Zunge zu schmecken. Eine Zeitlang hatte sie Katzen bei sich im Haus gehabt, aber das Geschrei der Katzen war ihrem Mann auf die Nerven gegangen – wenn sie es genau bedachte, hatte ihn schon das leise vibrierende Schnurren gestört.

Das Fenster war einen Spalt breit geöffnet, sie meinte Wind und Nebel wahrzunehmen, Dezembernebel, dachte sie und setzte sich auf, spürte ihren angespannten Nacken, versuchte das Kissen höher in den Rücken zu schieben. Wenn sie die Augen zusammenkniff, konnte sie die Umrisse des Zimmers erkennen,

116

den Schaukelstuhl mit ihrer akkurat gefalteten Hose, die Strickjacke, das Angorahemdchen, an der Wand das Bücherbord, vollgestellt mit den gerahmten Fotos ihrer beiden Söhne, auf dem Fensterbrett vertrocknete Orchideenrispen.

Sie wollte aufstehen. Weit weg gehen. Wohin, wusste sie nicht. In der Luft lag ein Ton, wie ein zu lange anhaltendes Echo. Sie versuchte, dem Ton zu begegnen, eine Art Kommunikation herzustellen, und schnalzte mit der Zunge. Das Schnalzen rief in ihrer Erinnerung einen Pfeifton wach; sie dachte daran, dass sie früher mit zwei Fingern gellende Pfiffe ausstoßen konnte. Ihr letztes großes Pfeifen lag lange zurück, war ihr im Hals steckengeblieben, als sie an ihrem ersten Hochzeitstag ihren Mann von der Arbeit abholen wollte. Sie hatte ihn übermütig zum Fenster holen wollen, doch war er vor seinen Kollegen vor Scham im Boden versunken, und als sie später allein waren, überhäufte er sie mit Vorwürfen, *sie wäre ja nicht mehr sie selbst*. Nicht sie selbst? Aber wer dann? Seitdem war sie das Gefühl nicht mehr losgeworden, dass er all die Eigenschaften an ihr missbilligte, die er vor ihrer Hochzeit noch bewundert hatte.

Während sie auf dem Nachttisch nach der Tüte mit den Hustenbonbons suchte, fiel ihre Brille zu Boden. Ihre Sehkraft hatte schon lange nachgelassen, ohne Brille nahm sie alles mit einem Grauschleier wahr. Sie hob den Kopf und lauschte, aus dem Zimmer neben ihr drangen Fernsehgeräusche.

Das Schlimmste in der Rückschau auf ihr Leben war, dass sie nichts bereuen konnte. Sie dachte, dass ihr Mann über sie wie über einen Stein am Weg gestolpert war. Sie hatte Kinder in die Welt gesetzt, jahrelang als Säuglingsschwester gearbeitet. Irgendwann wollte sie kreativ sein, sie versuchte zu nähen, Schmuck zu gestalten, sogar auf der Bühne war sie ein paar Schritte gegangen. Ihre Ansichten waren allzu oft abhängig von dem Blick der anderen gewesen, das wusste sie inzwischen, obwohl sie noch immer keine Ahnung hatte, wer sie war oder was sie ausmachte, und manchmal fragte sie sich, ob ihr das hätte jemand beibringen können. Eine Weile hatte sie geglaubt, es würde ihr Freude bereiten, Aquarelle zu malen, aber dann war sie sich wie eine Hochstaplerin vorgekommen. Ein Lächeln breitete sich auf ihrem Gesicht aus, als sie daran dachte, wie ihr Mann ihre Aquarelle übermalt hatte, es war das erste Mal, dass sie sich von ihm ernst genommen fühlte. Sie konnte ihn noch immer vor sich sehen: er war auf eine besondere Art still gewesen, und einen Augenblick lang hatte sie geglaubt, dass er sie liebte. Eine Woche später war er an einem Herzinfarkt gestorben.

Der Wind draußen blies schärfer, sie hörte eine Sirene lauter werden und musste plötzlich an den Speiseplan denken. Es waren noch Stunden bis zum Frühstück, doch sie stellte sich vor, wie sie einen heißen Kaffee trank. Sie konnte sich nicht erinnern, dass der Kaffee hier jemals heiß gewesen war, und gewöhnlich verschlief sie das Frühstück ohnehin. Sie war seit sieben Jahren im Seniorenheim, und dennoch hatte sie es nicht geschafft, sich einzuleben.

Die Fernsehgeräusche aus dem Nebenzimmer verstummten. In ihrer Vorstellung saßen alle Bewohner des Heims aufrecht in ihren Betten und warteten darauf, dass die Nacht verging. Sie fragte sich, ob auch nur einer darunter war, der es gewagt hatte, die richtige Wahl zu treffen. Sie spreizte die Finger vor den Augen, versuchte sich vorzustellen, es wäre eine fremde Hand. Geräuschvoll zog sie die Luft ein und fragte sich, was aus ihr geworden wäre, hätte sie ihre Wünsche zugelassen und nur einen davon gelebt. *Wäre ihr Leben anders verlaufen? Wäre sie eine andere geworden?*

Während sie den Tod übte, fühlte sie sich lebendig. Sie atmete entschiedener, ihr ganzer Körper pulsierte. Manchmal versuchte sie, sich ihr Herz vorzustellen, sah aber nur einen roten, pumpenden Muskel vor sich.

Als der Morgen anbrach, begann es zu nieseln, und die Luft im Zimmer roch nach Regen. Sie legte den Kopf aufs Kissen, schloss die Augen und konnte ihren eigenen, säuerlichen Geruch wahrnehmen. Sie stieß den Atem tief aus den Lungen. Sie wollte nichts überstürzen, wollte nur ihre Übungen perfektionieren und dem Hinübergleiten in einen fahlen Schlaf entgehen. Sie spürte Schwere in ihre Glieder kommen. Die Temperatur im Raum begann sich zu verändern, passte sich der ihren an, und sie wurde Teil des Zimmers, der

Regentropfen, die jetzt laut prasselnd das Fensterglas trafen. Sie versuchte, sich wie ein Stück Treibholz dem Fluss zu überlassen, der hinter ihren geschlossenen Lidern vorüberströmte, doch ihre Knochen wurden zu schwer, schnell sank sie auf den Grund. Sie fühlte ihre Zunge im Mund zu einem pelzigen Berg anschwellen und gönnte sich eine Atempause. Ihr nächster Atemstoß blieb wie gefroren zwischen zwei Herzschlägen stecken, und dann vernahm sie einen gellenden Ton, ein schrilles Pfeifen, das direkt aus ihrem Mund zu kommen schien. Sie fühlte ein Zittern hinter ihrer Stirn, und eine Stimme sagte, dass sie es nicht nur gut, sondern genau richtig gemacht hatte.

Edna und Alex

Seit unserer frühesten Kindheit waren Alex und ich
befreundet. Nur einen Steinwurf wohnte er von mir
entfernt. Ich lebte mit meinen zwei Geschwistern, einer herrschsüchtigen Mutter und einem alkoholabhän-
gigen Vater in einem Plattenbau, der aussah, als wäre
er nie richtig fertig geworden. Hinter der einstöckigen,
windschiefen Kate, in der Alex mit seiner Mutter zu
Hause war, floss ein kleiner Bach. Die Adresse lautete
»Am Bach 2«, einen anderen Namen für die Straße
gab es nicht, und wo die Nummer 1 sein sollte, fanden
wir nie heraus. Auf dem grauen Flachdach wuchs eine
zerzauste Birke, die wir jedes Jahr zur Weihnachtszeit
mit Lametta schmückten. Die Mutter von Alex war
schon lange Witwe und trug noch immer Schwarz.
Sein Vater war bei einem Autounfall gestorben, kurz
nach Alex' Geburt. Wenn ich ihn nach seinem Vater
fragte, zuckte er nur die Achseln. Seine Mutter war
ständig beschäftigt, sie kochte Gemüse, knetete Teig,
formte duftende Hefeklöße, legte Kohlen in den guss-
eisernen Herd nach, schichtete Gurken und Zwiebeln
in Einmachgläser. Bei schönem Wetter saß sie draußen vor der Tür auf einer Holzbank, rauchte oder

schälte Kartoffeln. Den abschüssigen Hof, der von einer Steinmauer umgeben war, kehrte sie fast täglich. Im Wohnzimmer gab es einen langen, alten Tisch, Stühle und eine Vitrine mit dem Sonntagsgeschirr. An den Wänden vergilbten die Vorfahren auf gerahmten Fotos, über das Bild ihres Mannes war schräg ein schwarzes Band gespannt. Im Winter saßen wir in der Küche am Tisch, auf der Plastikdecke waren sämtliche Südfrüchte abgebildet, die es bei uns nicht zu kaufen gab. Sobald es wärmer wurde, hielten wir uns im Hof auf, wir hörten die leise gurgelnden Laute vom Bach, und auf der Holzbank rauchten wir unsere ersten Zigaretten. Manchmal setzte sich Alex' Mutter zu uns und erzählte, wie der Ort vor dem Krieg ausgesehen hatte. Sie schimpfte aufgebracht auf die Plattenbauten, die sie an Pappkulissen erinnerten und sprach oft über den »Westen«, der mir in meiner Vorstellung genauso fremd war wie irgendein Planet im All. Ich stellte mir die Straßen im Westen allesamt gekachelt vor, Kälte ausströmend, und die Menschen schattenhaft, ohne Gesichter. Alex' Mutter war der Ansicht, dass man im Westen auch nicht viel besser dran sei als bei uns, letztlich sei es für arme Leute überall gleich, sagte sie.

Die Pubertät hatte uns immer noch in ihren Fängen, wir häuteten uns täglich, bis wir irgendwann durchlässig genug waren, um das Leben der Erwachsenen nachzuahmen. Während ich für den französischen

Schauspieler Gérard Philipe schwärmte und mir immer wieder vorstellte, wie Fanfan, der Husar, mich aus den Klauen meiner launischen Mutter befreite, hatte sich Alex einen Blaumann – einen Overall aus Baumwolle – zugelegt und eine Auswahl an Spaten und anderen Gerätschaften.

Wenn ich mich recht entsinne, entdeckte Alex seine Leidenschaft für das Schachten, als seine Mutter krank wurde. Damals hörte ich oft, wie sie sich übergeben musste. Sie sah blass aus, ihre Schultern hochgezogen bis zu den Ohren.

Eines Tages bat Alex mich, ihn in den nahe gelegenen Wald zu begleiten. Er tat geheimnisvoll und lief so schnell, dass ich ihm kaum folgen konnte. Scharfes Gras hinterließ feine Schnitte auf meinen nackten Waden, und als ich mich durch das Gestrüpp zwängte, schlug mir ein Ast ins Gesicht. Der Weg kam mir endlos lang vor, Alex hörte nicht auf mein Gejammer, und als er endlich auf einer Böschung stehen blieb, wusste ich immer noch nicht, was er mir zeigen wollte. Über uns strich der Wind durch die Baumkronen, es war ein warmer September, zwischen den Ästen hingen Spinnweben, silbrige Fäden zogen sich von Baum zu Baum, aber Alex hatte keinen Blick dafür. Die Hand über den Augen wie ein Späher sah er sich nach allen Seiten um, räusperte sich, spuckte aus und begann zu graben. Alex hob halbmondförmige Erdstücke aus und warf sie hinter sich. Er kam mir verwirrt vor, und während er mit dem Spaten den Boden bearbeitete, schnitt er vor Anstrengung Grimassen. In der Ferne hämmerte ein Specht. Alex nahm mich überhaupt nicht mehr wahr, sein Blick war stur auf die Erde gerichtet.

»Kannst du mir erklären, was das ganze Theater soll?«, oder so etwas in der Art werde ich wohl gesagt haben, mit einer Stimme dünn vor Aufregung.

»Du wirst dich wundern«, war seine Antwort. Es dauerte eine Weile, bis ich begriff, was er vorhatte. Er stützte sich auf den Griff seines Spatens und erklärte mir verschwörerisch, welche verborgenen Schätze er dem Erdreich entreißen wollte. Eine große Schlacht hätte hier bei Kriegsende stattgefunden, sagte er, unter unseren Füßen befänden sich Granaten, Waffen aller Art, alte Munition, begrabene Soldaten. Ich hatte ihn bisher noch nie so lange reden hören. Er war in eine fremde, kriegerische Welt abgetaucht, und ich verstand nicht, was ihn dorthin gebracht hatte.

Einen Augenblick lang war es still im Wald, dann begann Alex pfeifend weiterzugraben. Ich betrachtete seinen Körper, der von einer nervösen Kraft durchdrungen war, zählte die Sekunden, aber er sah nicht auf. Den Weg zurück hätte ich allein nicht gefunden, also streifte ich durch die Gegend, setzte mich schließlich auf einen umgefallenen Baumstamm. Ich wartete, bis das Licht verblasste und stellte mich neben Alex, als er verschwitzt aus dem Erdloch kletterte und sein vollbrachtes Werk begutachtete. Er sah zufrieden aus. Obwohl er der Erde keine Beute entrissen hatte, starrte er fasziniert in die Tiefe. Das Loch war mindestens zwei Meter lang, anderthalb Meter breit, ebenso tief und erinnerte mich an ein Grab.

In den nächsten Wochen begleitete ich Alex immer wieder in den Wald, aber nur, weil ich eine eigene Leidenschaft entdeckt hatte. Während er grub, suchte ich Pilze, besonders die Röhrenpilze hatten es mir angetan, Steinpilze, Maronen, Rotkappen und die schleimigen Butterpilze; die übrigen Arten ließ ich wegen ihrer vielen giftigen Doppelgänger stehen.

Alex hatte noch immer keine spektakulären Funde gemacht, nur einige Granatsplitter und Patronenhülsen. Sein Körper sah irgendwann sehr zerschunden aus, seine Arme und Beine waren mit Schorf und Rissen übersät. Nach unseren Ausflügen kamen wir hungrig nach Hause und bereiteten gleich in der Küche die Pilze zu. Seine Mutter war dünn geworden, ihr Gesicht spitz unter den grauen Haaren, aber sie behauptete, dass es ihr gut ginge. Alex hatte mir erzählt, dass sie beim Bohnern des Fußbodens ohnmächtig geworden sei, und dennoch wäre sie am nächsten Morgen, wie jeden Tag seit fünfundzwanzig Jahren, mit dem Bus in die Buntgarnwerke gefahren, um dort in der Betriebsküche das Essen zu verteilen. Obwohl sie nie Besuch von Freundinnen oder Kollegen bekam, erschien sie mir nicht einsam, sie werkelte im Haus herum, hörte laute Musik aus dem Radio, tanzte durch die Küche und redete mit ihrem Sohn auf eine komplizenhafte Art. Stets gab sie ihm das Gefühl, dass er etwas Besonderes wäre, er konnte tun und lassen, was er wollte, in ihren Augen war alles richtig.

Als es kälter wurde, gefror der Boden im Wald. Alex gab das Schachten auf und las stattdessen Bücher über den Krieg. Im Frühjahr setzte er seine Streifzüge alleine fort, denn ich begann meine Lehre in der LPG »Karl Marx«. Dort gab es vierhundert Kühe und eine Kälberaufzucht. Morgens gegen vier betrat ich den Kuhstall und nach einer Woche Einarbeitungszeit wurde ich als volle Arbeitskraft eingeteilt. Anfangs erschreckte mich das Brüllen der Tiere und ihr lautes Schnauben beim Wiederkäuen, doch ich gewöhnte mich daran, entdeckte sogar die Zartheit ihrer Nüstern und ließ es irgendwann zu, dass die Kühe mir mit ihren reibeisenrauen Zungen übers Gesicht fuhren.

Gleich neben den Ställen lag das Lehrlingsheim. Mein Zimmer teilte ich mit drei älteren Mädchen, die kurz vor dem Abschluss standen und kein großes Interesse an mir zeigten.

Mein erstes freies Wochenende konnte ich kaum erwarten.

Es waren ungefähr sieben Kilometer von der LPG bis zum Bach Nr. 2. Ein Stück meines Weges entlang verlief ein Weidezaun, hinter dem die Kühe grasten. Der Himmel war an diesem Tag von einer grenzenlosen Weite, es roch nach frisch aufgeworfener Erde, Kuhmist und Holzasche. In der Ferne meinte ich das Meer zu sehen, einen glitzernden Streifen Licht.

Ich versuchte mir die Begrüßung durch Alex und seine Mutter auszumalen; in meiner eigenen Familie würde mich ohnehin niemand vermissen, dort war man eher erstaunt, wenn ich einmal auftauchte. Um mich herum eine Kulisse aus Insektengesumm und dem Schnauben der Kühe, ich war mir meiner Freude und der Vergänglichkeit dieser Stunden nicht bewusst. Eine Wiese lag wie ein ausgebreitetes, grünes Tuch vor mir, und als die ersten Gärten auftauchten, begann ich schneller zu laufen.

Alex saß am Küchentisch, den Rücken mir zugewandt, im Radio lief ein Schlager, es roch nach Kaffee, hinten im Haus hörte ich seine Mutter herumhantieren. Ich blieb eine Weile in der Tür stehen, ein Luftzug, so leicht wie mein Atem, wehte durch das Fenster.

Alex hatte in der Kreisstadt eine Lehre als Schweißer begonnen. Seine Mutter arbeitete nicht mehr, wog höchstens noch fünfundvierzig Kilo und schien regelrecht von innen her zu verdorren. Zum Abendessen gab es Hefeklöße. Ich wunderte mich, dass sie ihre Portion vollständig aufaß. Ihr Gesicht sah nicht ängstlich aus, nur abgehärtet, als würde sie jeden Morgen durch die kalte Ostsee schwimmen. Später sortierten wir Kisten im Keller und schauten uns alte Fotoalben an. Alex versuchte uns mit rudernden Handbewegungen begreiflich zu machen, wie im Krieg Flugzeugteile trudelnd vom Himmel gefallen waren, ließ sich über

Karten und Funksignalfrequenzen aus, zeigte uns in einem Buch Abbildungen vom Landserleben. Inzwischen kannte er alle Panzer und Bomber bei ihrem Namen. Doch was seine Schweißerlehre betraf, war er genauso wortkarg wie früher.

Jeden Samstag gingen meine Zimmergenossinnen aus dem Lehrlingswohnheim in die Diskothek, und manchmal durfte ich sie begleiten. Ich war inzwischen eine pubertierende Bohnenstange geworden, aus einer blau-weiß karierten Tischdecke hatte mir Alex' Mutter eine Hose genäht, dazu trug ich selbst gehäkelte Oberteile mit Fledermausärmeln. Die Mädchen kamen mir erfahrener vor, selbstbewusster. Ich wollte ihnen entsprechen und zeigte mich von allem, was sie taten, beeindruckt. Obwohl es mir manchmal peinlich war, wenn ich mit ihnen laut auf der Straße sang: »Oh Susanna, du hast am Arsch 'nen Leberfleck«, und dabei war ich es, die am lautesten grölte.

In dieser Zeit begann ich mich für Musikgruppen zu interessieren und trampte den Bühnenauftritten meiner Favoriten von einem Ort zum anderen hinterher. An meinen freien Tagen war ich ständig unterwegs, und wenn ich es nicht schaffte, pünktlich wieder im Kuhstall zu sein, musste ich mir einen Krankenschein besorgen. Es gefiel mir, mich durch das lärmende Konzertgedränge zu schieben, Wodka mit Cola zu trinken, die Musik so laut, dass ich alles andere vergaß.

Nach einigen Fehlstunden folgte der erste Verweis, und in der Poliklinik gab es bald keinen Arzt mehr, der bereit war, mich krankzuschreiben. An einem Wochenende eskalierte die Situation; statt um vier Uhr früh im Melkstand die prall gefüllten Milcheuter zu leeren, stand ich müde und völlig durchnässt an der Autobahn, es hagelte, und kein Fahrer zeigte Erbarmen mit mir. Als endlich ein Wartburg anhielt, war meine Schicht schon zu Ende, und nach langer Fahrt ließ ich mich am Bach Nr. 2 absetzen. Alex' Mutter begrüßte mich überrascht. Als sie mich umarmte, erschien sie mir kräftiger als sonst, doch dann sah ich, dass ihr Körper aufgequollen war, als hätte er überall Flüssigkeit gespeichert. Sie roch nach Babypuder und ihre Bewegungen glichen denen einer Schlafwandlerin.

Ich erzählte Alex von meinen Sorgen. »Ich brauch einen Krankenschein«, sagte ich, »sonst flieg ich raus.« Seine Vorschläge hatte ich alle schon erfolglos ausprobiert. Weder fiel ich in Ohnmacht, wenn ich lange genug die Luft anhielt, noch stellte sich Fieber ein, nachdem ich Zahnpasta gegessen hatte. Schließlich schlug er mir einen Knochenbruch vor. Er sagte das wie nebenbei, nachlässig und doch wissend, was in diesem Fall zu tun sei. Ich folgte ihm auf den Hof, wo er zwei Stühle bis auf einen kleinen Zwischenraum zusammenschob, und genau dorthin, über diese Lücke aus Luft, sollte ich meinen Arm legen.

»Wir nehmen den Unterarm«, sagte er und ging ein Brecheisen holen.

Am Himmel sah ich einen Schwall dunstiger Wolken ziehen, dann starrte ich in die Sonne, bis meine Augen schmerzten. Als Alex mit dem Brecheisen vor mir stand, wurden meine Handflächen feucht. Ich versuchte atemlos zu verharren, doch ein Zittern durchlief meinen Körper.

»Bei drei.« Alex begann zu zählen, und bei zwei zog ich meinen Arm weg. Als er nach drei weiteren erfolglosen Versuchen schließlich traf, wurde mir schwarz vor Augen. Im Nachhinein bildete ich mir sogar ein, gehört zu haben, wie meine Knochen splitterten. Aber das konnte nicht sein, denn der Arzt konstatierte später nach dem Röntgen einen sauberen Bruch.

Nachdem mein Arm verheilt war, durfte ich während der letzten Herbsttage die Kühe auf der Weide hüten. Dort hatte ich den rindernden Kühen, die sich gegenseitig besprangen, ein buntes Bastband um die Hörner zu binden, als Zeichen für den Tierarzt, sie später künstlich zu besamen. Diese Zeit erschien mir wie ein ewig anhaltender Ferientag. Durch die Luft lärmte ein aufdringliches Insektengesumm, ich pflückte Gräser für meine Lieblingskuh, putzte ihr Fell, schmiegte mich an sie, dachte dabei an einen Jungen, den ich beim Trampen kennengelernt hatte, stellte mir vor, wie wir uns küssten.

Dann kam der Anruf von Alex. Seine Stimme klang wie immer, zerstreut und leise, deshalb dachte ich zuerst, es wäre gar nicht wahr, was er mir durch das Telefon mitteilte, und so legte ich den Hörer auf und versuchte die nächsten Stunden an nichts zu denken.

Alex' Mutter wurde auf dem kleinen Dorffriedhof bestattet. Es war meine erste Beerdigung, und ich bemühte mich, traurig zu sein. Aber dann war ich nur erstaunt darüber, dass es mir nicht gelang. In der Nacht stahlen Alex und ich die Blumen von den anderen Gräbern und legten sie auf ihr Grab.

Alex wollte schon bald das Haus verkaufen, aber niemand interessierte sich dafür. Er war wie eine Wand in jenen Tagen, alle meine Worte prallten an ihm ab. Ich versuchte ihm eine gute Freundin zu sein, begleitete ihn sogar wieder in den Wald. Aber es war nicht mehr wie früher. Er hatte an Schwung verloren, sein Blick war schläfrig, als sei es ihm nicht möglich, die Augen ganz zu öffnen. Er sprach nur noch zögerlich und dehnte die Worte, als müsste er ihren Sinn beim Aussprechen noch einmal überprüfen.

Nach meiner Lehre wollte ich etwas ganz anderes machen. In der LPG mochte ich nicht weiterarbeiten. Das Vieh war verwahrlost, und das einzelne Tier galt nichts. Einmal wurde ich Zeuge, wie ein Bauer eine Kuh zu Tode prügelte. Die Kuh war auf den feuchten, verdreckten Fliesen ausgerutscht, und der Bauer trat dem Tier, das sich nicht schnell genug erhob, mit seinen Gummistiefeln in die Flanken. Er rief seine Kollegen, lautstark versuchten sie die Kuh hochzuhieven, doch sie rutschte noch einmal aus, und diesmal grätschten ihre Hinterbeine auseinander. Es schien kein Hochkommen mehr möglich, und das Tier gab verzweifelt klägliche Laute von sich. Der Bauer nahm einen Knüppel und schlug auf den Tierkörper ein, er schlug, als wolle er nie wieder aufhören. Was sich mir am deutlichsten in die Erinnerung grub, war das plötzliche Verstummen der sich gegenseitig anfeuernden Männer und das erstarrende Röcheln des Viehs, als das Rückgrat brach.

Ich bewarb mich für ein Fachstudium der Museologie, und zu meinem Erstaunen übergab mir der Postbote eines Tages den Brief mit der Zusage.

Als ich mich im Spätsommer von Alex verabschiedete, spürte ich, wie er sich der Umarmung entzog, und übermütig begann ich ihm meine Zukunft in der Hauptstadt auszumalen, an die ich selbst nicht glaubte.

Ich wohnte im Studentenheim, in einem Zimmer mit feuchten Wänden und einem winzigen Fenster aus orangefarbenem Glas. Ich stürzte mich sofort eifrig auf den Unterricht, arbeitete oft bis spät in die Nacht hinein. Ich war zu schüchtern, um Bekanntschaften zu schließen, und so unternahm ich lange Spaziergänge durch die Vorstadt. Der Rauch aus den Schornsteinen schien sich in der Luft festzusetzen und hinterließ einen rußigen Film auf meiner Kleidung. Manchmal ging ich ins Kino oder saß, um Aufmerksamkeit auf mich zu ziehen, lesend im Café, wo ich für alle gut sichtbar einen vergilbten Nietzscheband in den Händen hielt. Doch es sprachen mich immer die Falschen an, ältere, Pfeife rauchende Bartträger, von deren endlosen Monologen ich kein Wort verstand. Schon bald ließ ich das mit dem Lesen und versuchte, mich mit meinen Mitstudentinnen anzufreunden. Abends trafen sie sich in der Gemeinschaftsküche, es roch nach Sauerkraut, gebratenem Speck, und sie diskutierten stundenlang. Oft konnte ich ihren Anspielungen und Zitaten nicht folgen, saß schweigend neben ihnen und fror vor Unvermögen. Die Gespräche kreisten um den Westen und liefen fast immer auf das Thema Flucht hinaus. Der lebhafte Ausdruck in ihren Gesichtern verwunderte mich, Fluchtgedanken waren mir nie ernsthaft in den Sinn gekommen, der Westen erschien mir ganz und gar unwirklich.

Im Sommer verliebte ich mich aus sicherer Entfernung in einen schmalen, schwarzhaarigen Jungen. Er hatte mir im Café die Tür aufgehalten und dabei eine Bemerkung über die Hitze gemacht.

In meinen Tagträumen umwarb er mich und erkannte meine Einzigartigkeit, von der ich zwar keine genaue Vorstellung hatte, aber ich nahm an, dass er sie sichtbar machen würde. Nachdem wir in meinem Luftschloss schon eine Weile wie Mann und Frau lebten, kam er mir in der Bibliothek Arm in Arm mit einem üppigen, blonden Mädchen entgegen. Die

Blonde an seiner Seite schien mir vollkommen in ihrer Weiblichkeit, dafür hasste ich sie aus tiefstem Herzen.

Stundenlang stand ich mit geschlossenen Augen unter der Dusche. In meinem Kopf liefen die Gedanken Amok. In einer Bar trank ich Bier, Wein, Wodka mit zerstoßenem Eis und einige Sektcocktails. Dann schlief ich zum ersten Mal mit einem Mann, einem unscheinbaren Kommilitonen, und ich war überrascht, wie wenig es mir bedeutete. Ich fühlte mich von meinem Liebeskummer befreit und nahm meine Umgebung wieder genauer wahr.

Immer mehr Menschen gingen auf die Straße und demonstrierten. Politiker redeten im Fernsehen, als müssten sie sich selbst von ihren ermahnenden Aufrufen überzeugen. Ich schloss mich meinen Kommilitonen an, stimmte in ihre Parolen ein und glaubte doch nicht an das, was ich mich brüllen hörte. Die Mauer schien mir von ewigem Bestand. Ich hätte so gern an etwas geglaubt, aber ich wusste nicht wie, und in meiner Vorstellung gab es nichts, was mich für einen Glauben brennen ließ.

Doch irgendwann ließ auch ich mich von der gemeinschaftlichen Woge mitreißen. Unter der hellen Septembersonne marschierte ich neben Freunden und völlig fremden Menschen. Meine Kommilitonen diskutierten bis zum Morgengrauen, brüteten Pläne aus und verwarfen sie wieder, während ich, von ihren Worten eingehüllt, mit heißer Stirn daneben saß und merkte, wie ich langsam in einen fiebrigen Dämmerzustand glitt. Tagelang schon hatte ich mich schwach gefühlt, nun bekam ich hohes Fieber und am ganzen Körper einen rötlichen Ausschlag.

Der Arzt diagnostizierte Scharlach und überwies mich ins Krankenhaus. In meinen Fieberträumen war mir, als würde Alex von weit her meinen Namen rufen. Dann wieder sah ich mich auf der Straße marschieren, Steine werfen, hörte mich Worte schreien in einer mir ganz und gar fremden Sprache.

Als ich nach meiner Gesundung Alex besuchte, stand er mit nacktem Oberkörper auf dem Hof und stemmte Gewichte. Obwohl es ungewöhnlich kühl war, fühlte sich seine Haut überraschend warm an, als er mich umarmte. Alex sah anders aus, männlicher, gleichzeitig erschien er mir rastlos. Er ging vor mir auf und ab, rauchte eine Zigarette nach der anderen, seine Stimme klang angespannt, und sein Blick wanderte ziellos umher. Er sprang von einem Thema zum nächsten, sprach über Renovierungsarbeiten in seinem Haus, über eine neue Küche, sprach von seiner Mutter und gleich darauf vom Schachten. Als ich ihn fragte, was los sei, brach es aus ihm heraus. »Ich wünsche mir eine Frau«, sagte er, »eine, die mich so nimmt, wie ich bin.«

Auf meinen Rat hin setzten wir gemeinsam eine Annonce auf: »Junger Mann sucht Schachtfee – eine Frau fürs Leben.«

Ich versuchte Alex mit dem Blick seiner Auserwählten zu betrachten. Er hatte an Muskeln zugelegt, sein Gesicht war von gleichmäßiger Bräune. Wenn er sich anstrengte, trat auf der Stirn eine blaue Ader hervor. Ich konnte nicht einschätzen, wie er auf Frauen wirkte, ich hatte ihn immer nur mit den Augen einer Freundin angesehen. Es war mir nie in den Sinn gekommen, etwas anderes als kameradschaftliche Zuneigung für ihn zu empfinden, und ich glaube, ihm ging es genauso.

Auf seine Annonce bekam er nur eine Antwort. Er war aufgeregt, als er mir den Brief vorlas. Sie hieß Conny, war Bibliothekarin, in ihrer Freizeit würde sie lesen, Kräuter sammeln und Schach spielen. Sie liebe die ländliche Umgebung, schrieb sie, und dieser Satz gefiel Alex besonders gut. Sie war siebenundzwanzig, wirkte auf dem Foto aber älter. Ich gab mir Mühe, die Begeisterung meines Freundes zu teilen, doch es blieb nur bei der guten Absicht, denn es störte mich, wie Alex jetzt redete und Pläne schmiedete. Seine zukünftige Schachtfee wollte ihn am Wochenende besuchen, und er legte mir ausführlich dar, wie er sein Häuschen für sie in Schuss bringen würde. Ich war froh, am nächsten Tag wieder abzureisen.

Ich bereitete mich auf meine ersten Prüfungen vor und versuchte konzentriert zu arbeiten. Meine Kommilitonen hatten all ihre Kräfte mobilisiert, um auf die Straße zu gehen, sie schienen kaum zu schlafen, entwarfen bis spät in die Nacht Transparente, diskutierten bis zum Morgengrauen. Ich hetzte von Vorlesung zu Vorlesung, dazwischen redete ich mit den anderen über Václav Havel und Gorbatschow und versuchte herauszufinden, ob ich die Worte, die ich aussprach, auch meinte. Es waren Tage ohne Atempause. Alex hatte mir einen Brief geschrieben, in dem er betonte, wie glücklich er sei. Ich solle ihn und Conny endlich besuchen kommen, und es irritierte mich, dass er mich so ausdrücklich einlud. War sein Zuhause nicht schon lange auch das meine? Konnte ich nicht kommen, wann immer ich wollte?

Ich mochte seine Schachtfee nicht. Vielleicht starrte sie mich zu lange an, ehe sie sich entschloss, mir die Hand zu geben. »Du bist also Edna«, sagte sie mit lauter Stimme, als spreche sie zu einer Schwerhörigen. Sie war rothaarig, trug Jeans, die ihre Hüften eng umspannten, auf ihrem Pullover schwebten Angorawolken über den großen Brüsten. Ihr Händedruck war kräftig wie der eines Mannes. Ich folgte ihr in die Küche und registrierte schadenfroh, dass sie den Kopf nicht einzog, als sie durch die viel zu niedrige Tür ging. Auf dem Fensterbrett standen Töpfe mit Kräutern, Knoblauchzöpfe hingen neben dem Herd, der Schrank und die Stühle waren hellblau gestrichen, von der Lampe baumelte ein Mobile. Ich sah zu, wie Conny die Ofenklappe öffnete, um nach dem Kuchen zu sehen. Schon bald roch es wie früher, und doch war alles ganz anders.

Es war ein ungewöhnlich warmer Herbsttag und der Himmel von einer Helligkeit, die in den Augen schmerzte. Ich half Alex, den großen Esstisch auf den Hof zu tragen. Da bemerkte ich, dass Alex statt seines Blaumanns eine graue Hose und ein gebügeltes Hemd trug, das Haar hatte er aus der Stirn gekämmt. Während wir versuchten, den Tisch gerade zu stellen, erzählte mir Alex, dass er sich auf Anhieb mit Conny verstanden habe, allerdings wäre sie noch nicht mit ihm schachten gegangen. Sie hätte das »t« in der Annonce für einen Druckfehler gehalten. Auf der Sonntagstischdecke türmten sich Schüsseln voller Salate, selbst gebackene Brotsorten, warmes und kaltes Fleisch, und ich war gerührt, mit wie viel Mühe sie alles vorbereitet hatten. Aber dann fiel mein Blick auf das Dach, auf dem keine Birke mehr wuchs, und ein Stich durchfuhr mich. War dies nicht auch meine Birke gewesen?

Conny versuchte einen lebhaften Ton anzuschlagen, als sie mich über meine Lieblingsbücher ausfragte, und ich hörte mich mit einer Leidenschaft über Romane reden, mit der ich sie nie gelesen hatte. Ich wollte etwas über die Demonstrationen aus der Stadt erzählen, aber es hörte sich hier in dem kleinen, abschüssigen Hof falsch an. Die Veränderungen schienen an diesem Ort noch nicht angekommen zu sein. Alex war ungewöhnlich gut gelaunt, doch manchmal verstand ich nicht, worüber sie redeten und warum sie lachten.

Irgendwann lehnte ich mich schläfrig zurück, hörte das plätschernde Gemurmel des Baches als Klangkulisse hinter ihren Worten und stellte mir vor, wie wir hier früher gesessen hatten, Alex, seine Mutter und ich.

Als die Mauer fiel, küsste ich einen fremden Mann, der neben mir stand. Er kam aus dem Westen und steckte mir seine Telefonnummern zu.

Tage später sah ich mir die Mauer von der anderen Seite an. Weit verzweigte Bäume warfen ihren Schatten auf den Boden, der überall mit Abfällen übersät war, Tauben hockten auf dem Mauerrand, die Luft roch nach einem Grillnachmittag. Aus der Ferne hörte ich Schlager und Wortfetzen aus Lautsprechern. Ich kam mir wie eine Idiotin vor. Das war also der Teil der Welt, den zu betreten uns bei Todesstrafe verboten gewesen war. Die Straßen waren weder gekachelt, noch strömten sie Kälte aus, die Menschen sahen aus wie wir, und doch hatte ich ein Gefühl von Unwirklichkeit. Es gab unzählige Autos, die Atmosphäre auf dem Kudamm wirkte auf mich wie die Eröffnung eines großen Weihnachtsmarktes, und das Gemüse in den Geschäften schien mit einer glänzenden Wachsschicht überzogen. Ein leichter Wind erhob sich, ich ging durch die Straßen und sagte mir, dass ich mich nie wieder einsperren lassen würde. Es war für mich von einem Augenblick auf den anderen nicht mehr vorstellbar, eingeschlossen hinter einer Mauer zu leben, genauso wie ich mir all die Jahre davor nicht hatte vorstellen können, frei zu sein.

Ich war Neunzehn, wollte mein Praktikum im Museum für Völkerkunde machen, auch wenn rings um mich herum alles in Aufruhr war. Früh morgens trug ich mich als eine der Ersten in die Anwesenheitsliste ein, durchquerte den Raum, den alle nur die »alte Südsee« nannten, in dem es nach Hölzern und Harzen roch, schenkte den vier Weltenhütern aus Japan einen kurzen Gruß und schlich mich blicklos an dem Gilbert-Krieger vorbei, der mir mit seinem Helm aus Rochenhaut unheimlich war. Ich saß mit meinen Kollegen im Café, und wir amüsierten uns, dass es im Westen mehr als zehn Mineralwassersorten gab.
   Sobald ich das Museum verließ, kam ich mir wie ein Tiefseetaucher vor, der sich mühsam durch flüssiges Halbdunkel bewegte. In den nächsten Monaten gab es so viele Formulare auszufüllen, dass ich am liebsten meinen Namen vergessen hätte. Vor dem Mauerfall war meine gesamte Existenz in einem dünnen, blauen Heft vermerkt worden, die Blutgruppe, Schul-, Lehr- und Studienabschlüsse, Krankentage, Parteizugehörigkeit. Mir war, als hätte man die Tür eines riesigen Kinderheims aufgemacht; niemand wollte diese Tür wieder schließen, und doch schmeckte die neue Freiheit manchmal wie Asche auf der Zunge. Wenn mir jemand helfen würde, dachte ich, wäre der Alltag besser zu durchschauen. An einem Apriltag fiel mir der

Mann aus der Nacht des Mauerfalls wieder ein und ich rief ihn an.

Er war Mitte Dreißig, hieß Moritz, und nach unserer ersten Verabredung waren wir ein Paar. Moritz arbeitete beim Fernsehen, seine Aufmerksamkeit schmeichelte mir. Er brachte mir Bücher mit, lud mich zu Konzerten ein, und eines Tages hatte er die Idee zu einer gemeinsamen Fahrradtour. An einem sommerlichen Morgen holte er mich ab und zeigte mir stolz den genau ausgearbeiteten Routenplan. Während wir die Ostseeküste entlangfuhren, versuchte ich, meine Heimat mit seinen Augen zu sehen, aber sein Enthusiasmus verstellte mir den Blick. Ich selbst kam mir wie eine Fälschung vor, doch wagte ich nie seine Begeisterungsstürme zu unterbrechen, was hätte ich auch sagen sollen?

Seit dem letzten Herbst hatte ich nichts mehr von Alex gehört. Als ich vor seinem Haus stand, ahnte ich, dass sich etwas verändert hatte. Die von der Sonne verblichenen Vorhänge wehten durch die offenen Fenster, und der Hof war von Unkraut überwuchert. Als er mir die Tür öffnete, erkannte ich ihn kaum wieder. Er trug ein zerschlissenes Armeehemd, und seine Haut war dunkel von der Sonne. Glatzköpfig und mager blinzelte er mir aus geschwollenen Augenlidern entgegen. Er begrüßte mich, als hätte ich erst gestern sein Haus verlassen.

Der Fernseher stand auf dem Küchentisch. Alex stieg über die am Boden verstreuten Chipstüten und setzte Kaffeewasser auf. Ich stellte den Fernseher leise und fragte ihn, was los sei. Er zuckte mit den Achseln und steckte sich eine Zigarette an. Dann sagte er wie nebenbei, dass Conny ihn verlassen hätte, dabei tätschelte er mir den Arm. Er brühte den Kaffee auf und lachte. Obwohl um ihn herum alles chaotisch aussah, schien ihm die Trennung nichts auszumachen.

Während wir den Kaffee tranken, erzählte er mir von seinen neuesten Fundstücken und zeigte mir Orden aus dem Zweiten Weltkrieg. Auf dem Hof führte er mir einen Metalldetektor vor, der einen hohen, surrenden Ton von sich gab, wenn er einen Treffer anzeigte. Dann begann er wieder von Kriegen und Schlachten zu sprechen, vom Gelbfieber und von Stalingrad. Aufgeregt betrat er mit mir das Wohnzimmer, der Boden war verdreckt und es roch nach Urin, ich war entsetzt, doch er bemerkte es nicht. Auf dem Tisch und in der Vitrine lagen Gasmasken, Patronentaschen, alte Munition. Stolz präsentierte er mir seinen größten Schatz, einen Schädel, der mit einem Stahlhelm zusammengewachsen war. Er zeigte mir ein altes rostiges Gewehr, das er in der Silvesternacht ausprobieren wollte. Da wäre es laut genug, sagte er, und niemand würde sich bei den Schüssen etwas denken. Seine Sätze glichen einem Blindflug, er schien nur auszusprechen, was ihm gerade durch den Kopf schoss. Irgendwann schwieg er, als hätte das Reden ihn erschöpft. Er kauerte sich vor den Ofen und öffnete die Klappe, schloss sie wieder, und sein Gesicht wirkte so unbewegt, als wäre er allein in diesem Raum.

Ein paar Wochen später trennte ich mich von Moritz. Sein Blick auf die Welt war mir fremd geblieben, und ihm schien es mit mir genauso gegangen zu sein. In dieser Zeit beendete ich das letzte Praktikum und bekam einen Job im Völkerkundemuseum. Der Gilbert-Krieger jagte mir schon lange keine Angst mehr ein. Ich hatte eine kleine Wohnung gemietet, und als im Winter die Heizung in den Museumsräumen ausfiel, nahm ich meine Arbeit mit nach Hause. Ich verspürte nie das Bedürfnis, weit weg zu reisen, in die Südsee oder nach Kuba, es reichte mir, wenn ich mich in die Jurte aus der Mongoleiausstellung hockte und mir vorstellte, wie es wäre, in einem Schneesturm zu sitzen, der an den Zeltwänden vorbeistrich.

Als ich das Foto von Alex in der Zeitung sah, war mir sofort klar, dass etwas Furchtbares geschehen war. Ich dachte, es musste eine erst kürzlich entstandene Aufnahme sein, sein Gesicht wirkte härter, und er blickte ohne ein Lächeln in die Kamera. Von seinem Hemd fehlte der oberste Knopf, und ich sah wie benommen auf dieses Detail, als würde es mir über etwas Wichtiges Aufschluss geben. »Zwanzigjähriger in der Silvesternacht erschlagen«, lautete die Überschrift. Darunter stand der Bericht über einen jungen Mann, der mit seinem Gewehr wild durch die Gegend geschossen hatte. Eine Kugel streifte den sechzehnjähigen Jungen einer rumänischen Schaustellerfamilie, die auf einem Parkplatz am Wald Silvester feierten. Die Schausteller hielten den Schützen für einen Rechtsradikalen. Sie verfolgten ihn und prügelten auf ihn ein. Er erlag seinen Verletzungen. So stand es da.

Einen Moment lang überlegte ich, ob ich seine Schachtfee benachrichtigen solle, aber dann fiel mir ein, dass ich weder ihren Familiennamen noch die Adresse kannte.